ANDREA HEINISCH
Henriette lächelt

*Gedruckt mit freundlicher Unterstützung von
Stadt Wien Kultur.*

Copyright © 2023 Picus Verlag Ges.m.b.H., Wien
Alle Rechte vorbehalten
Grafische Gestaltung: Dorothea Löcker, Wien
Umschlagabbildung: © Evgeniya Khudyakova/Adobe Stock
Druck und Verarbeitung:
Florjančič Tisk d.o.o., Maribor
ISBN 978-3-7117-2142-6

Informationen über das aktuelle Programm
des Picus Verlags und Veranstaltungen unter
www.picus.at

ANDREA HEINISCH
Henriette lächelt

ROMAN

PICUS VERLAG WIEN

HENRIETTE

Wenn die anderen Frauen über ihre Figur reden, schweigt Henriette, weil sie nicht mitreden kann. Henriette hat keine Figur.

Wenn Henriette einen Raum betritt, freuen sich die anderen Frauen, besonders die dicken: Henriette ist immer die dickste, in ihrem Schatten haben mindestens drei andere Frauen Platz.

Henriette schämt sich sehr, dass sie keine Figur hat. Manchmal wird sie auch rot, so sehr schämt sie sich. Sie hofft dann, dass es niemand bemerkt und dass das Thema bald gewechselt wird.

Wenn wir länger beisammensitzen, vergesse ich mit der Zeit, dass du so dick bist, hat eine Freundin einmal gesagt, um Henriette zu trösten.

Henriette geht nur in solche Lokale, die genug Platz zwischen den Tischen haben und Sessel ohne Armlehnen und Toilettenanlagen, in denen sie sich umdrehen kann.

Henriette hätte etwas ganz Besonderes werden können, aber dann ist sie nur ganz besonders dick geworden. Wie ein Gebirge schaut sie aus, denkt Henriettes Mutter, wenn sie an Henriette denkt. Dabei war sie ein ganz normales Kind, sagt sie. Und sie hätte auch wirklich etwas ganz Besonderes werden können. Was wäre wohl alles aus ihr geworden, hätte sie die Möglichkeiten gehabt, die Henriette gehabt hat! Eine berühmte Schauspielerin, eine erfolgreiche Journalistin oder wenigstens eine hübsche junge Frau, nach der alle Männer den Kopf drehen. Henriette hätte alles werden können und außerdem an jeder Hand zehn Männer, sagt die Mutter, wenn sie nur nicht so dick geworden wäre.

Henriettes Körper ufert an allen Ecken und Enden aus. Sie ist über und über ausgebeult, nur ihre Finger sind schlank geblieben. Ja, selbstverständlich hätte sie auch Pianistin werden können. Die Mutter will sich nicht vorstellen, wie Henriette auf einem Klavierhocker ausschauen würde. Da hätten sie einen extra breiten Hocker anfertigen lassen müssen. Wer weiß, wofür es gut ist, dass sie mit dem Klavierspielen aufgehört hat.

Wenn Henriette zum Arzt muss, weil sie zum Beispiel einen Sonnenausschlag auf dem Arm hat oder eine Sehnenscheidenentzündung, dann sagt der Arzt, dass sie abnehmen muss. Unbedingt. Henriette stimmt dem Arzt zu und hofft, dass sie trotzdem eine Salbe für den Ausschlag verschrieben bekommt.

Henriette ist selbst schuld, dass sie so dick ist, weil ja niemand Henriette zwingt, so viel zu essen. Kein Mensch versteht, wie man so unbeherrscht sein kann, dass man sich halb tot frisst. Oder ganz tot, denkt Henriette, als sie auf der Waage die Zahl 190 liest.

Was niemand weiß: Henriette hat 2 Mägen und der eine davon ist immer leer. Leb du mit einem Magen, der immer leer ist. Leb du einmal und habe ununterbrochen Hunger. Aber keinen Hunger wie den, der vergeht, wenn man einfach nichts isst, sondern ein Hunger wie der, der immer größer wird, wenn man nichts isst. Das sagt Henriette natürlich nie, weil es ein Blödsinn ist. Niemand hat so einen 2. Magen. Henriette hätte trotzdem gern einen Verbindungsgang zwischen dem einen und dem anderen. Dann hätte sie mindestens 90 Kilo weniger, vielleicht sogar 100. Aber so eine Operation gibt es nicht, weil sie sich den 2. Magen ja nur einbildet.

Wenn Henriette unter der Dusche steht, lässt sie sich das Wasser überallhin laufen, auch dorthin, wo sie selbst nicht hinkommt. Henriette denkt, dass sie beim Waschen bald Hilfe brauchen wird.

Die Mutter bringt Henriette gesundes Essen, aber Henriette kauft sich dann immer noch was dazu. Chips, Schokolade, Erdnüsse, Kuchen. Und Orangensaft, Apfelsaft, Cola. Die Mutter ist schon ganz verzweifelt, weil sie sieht, wohin das führt. Nur Henriette sieht das nicht, sagt die Mutter zu ihren Freundinnen, die die Mutter bedauern. Die bringt dich noch ins Grab, sagen sie und die Mutter nickt. Das habe ich echt nicht verdient, sagt sie. Ihre Freundinnen finden das auch.

Wenn Henriette was zum Anziehen braucht, schaltet sie den Laptop ein und bestellt sich etwas. Am liebsten hat sie Kleider. Oder Leggings mit T-Shirts. Wenn sie das neue T-Shirt auspackt und auseinanderfaltet, kann sie gar nicht glauben, dass das ihre Größe ist. Sie ist doch kein Gebirge. Manchmal stellt sich Henriette vor den Spiegel und dreht sich so lange, bis sie sich eh nicht so dick findet. Manchmal spiegelt sie sich zufällig in einer Schaufensterscheibe, da erkennt sie sich erst gar nicht, und wenn sie sich erkennt, kriegt sie einen Schock.

Henriette hat viele Gedanken und noch mehr Ideen im Kopf. Die sind schwerelos. Henriette liebt alles, das schwerelos ist, deshalb liebt sie auch ihre Gedanken und Ideen. Deshalb würde sie auch gern schwimmen gehen. Sie will sich nicht anschauen lassen. Sie will auch nicht aus dem Wasser steigen und ihre 190 Kilo wieder mit sich tragen müssen.

Eine Zeit lang hat Henriette gedacht, dass sie etwas mit der Schilddrüse hat, weil sie auch andauernd müde gewesen ist, und sie hat dann auch Tabletten bekommen. Aber abgenommen hat sie nicht und andauernd müde ist sie auch geblieben. Du bewegst dich zu wenig, sagt die Mutter, und Henriette findet, dass sie recht hat. Henriette müsste sich mehr bewegen, dann wäre sie auch nicht mehr andauernd müde, sondern hätte wenigstens ein bisschen Kondition. Sie müsste sich einfach einmal ein wenig anstrengen.

Henriette hat Angst vor Operationen, weil die Ärzte so dicke Menschen nicht gern operieren, und eine Vollnarkose kriegen solche wie Henriette auch nur, wenn es gar nicht anders geht. Henriette stellt sich vor, wie ein paar besonders starke Pfleger herbeigerufen werden, weil sie auf den OP-Tisch gehoben werden muss. Wenn Henriette daran denkt, wie sie dann mit ihrem ganzen Körper auf dem OP-Tisch liegt und wie sich die ganzen Ärzte über ihn hermachen wie Fleischhacker über einen riesigen Fleischberg, würde sie am liebsten nie wieder aufwachen.

HENRIETTE ATMET FLACH

Henriettes Matratze ist genauso ausgebeult wie Henriette, so fällt sie ins Bett wie in eine Kuchenform. Aber keiner bäckt mich aus, denkt Henriette und zieht sich die Decke übers Gesicht. Sie macht die Augen zu und träumt vor sich hin, bis ihr das Kreuz vom Liegen so wehtut, dass sie sich auf die Seite drehen muss. Das Drehen ist anstrengend. Sie muss viel Schwung nehmen. Schwung? Woher? Sie braucht lang, bis sie nicht mehr schwitzt und sich wieder irgendetwas ausdenken kann, das anders ist als sie selbst.

Manchmal denkt sich Henriette eine andere Henriette in ihren Körper hinein. Eine schwerelose Henriette ist das, eine mit langen Beinen, ebenso schlank wie ihre Finger, Beine, mit denen sie – übereinandergeschlagen – auf einem Barhocker sitzt. Diese Henriette hat einen aufgerichteten, ganz geraden Rücken und kleine Brüste, die sie mit einem Push-up-BH in den Ausschnitt der Bluse gedrückt hätte. Sie hat hohe Wangenknochen, dezent betont für die Kontur. Ab und zu würde sie sich mit den Fingern durchs Haar fahren und das würde aussehen, als ob sie leicht gelangweilt wäre. In Wirklichkeit würde sie aber die Männer screenen. Sie müsste ein paarmal ans Handy, beruflich und privat, man hat heutzutage ja nirgends mehr seine Ruhe, dauernd will jemand was von einem, und sie würde 1, 2 Mal aufs Klo gehen und dabei so aufreizend auf ihren High Heels balancieren, als würde sie sich bei jedem Schritt aufs Neue in sich verlieben. Je länger die schwerelose Henriette in Henriette herumgeistert, umso unruhiger wird sie. Als ob die eine immer wieder an der anderen anstoßen würde. Das ist unangenehm, deshalb steht Henriette auf und geht in die Küche. Sie will sich nur einen Tee machen, zum Einschlafen, aber dann hat sie doch keinen Durst, sondern einen leeren Magen.

Wenn nichts zu Hause ist, geht Henriette einkaufen. Da steht sie lang vor den Regalen und denkt nach. Sie darf nicht zu wenig und nicht zu viel kaufen. Der Magen muss hinterher genau randvoll sein: ein Bissen mehr und er platzt, ein Bissen weniger und alles war umsonst. Das ist wie eine Wissenschaft, und zusätzlich braucht es jede Menge Erfahrung, um genau die richtige Menge und die richtigen Dinge und die richtige Mischung zu kaufen.

Henriette hat die Erfahrung, nur manchmal kauft sie trotzdem zu viel und hat deshalb schon ein paarmal Angst gehabt, dass ihr der Magen jetzt aber echt platzen wird. Sie atmet dann ganz flach, damit sich die innere Haut nicht noch mehr dehnen muss. Seit einiger Zeit lässt sie sich das Essen liefern. Das macht's einfacher. Macht's leichter.

Früher, als Henriette sich noch zum Essen verabredet hat: Sie bestellt sich nie etwas Paniertes und nie eine Nachspeise. Sie bestellt gern Salat. Vorher hat sie zur Sicherheit schon ein paar Brote gegessen, mit Mayonnaise oben drauf. Jetzt aber nur noch Salat mit Putenstreifen. Das ist natürlich wegen der anderen, obwohl die Henriette doch eh schon lang kennen, und im Sitzen fällt es auch nicht arg auf, wie dick sie ist, denkt Henriette. Aber Henriette fällt Henriette auf und das genügt ihr. Sicher ist sicher, denkt sie. Henriette denkt vor, während und nach dem Essen ununterbrochen ans Essen. Ob sie sich mehr oder vielleicht etwas anderes bestellen hätte sollen, ob sie sich nicht doch noch eine Nachspeise nehmen sollte. Sie weiß aber, dass jedes andere Essen und dass auch alle Nachspeisen, die auf der Karte stehen, zu wenig sein werden. Dass sie gar nicht so viele Nachspeisen bestellen könnte, wie sie essen müsste, um satt zu sein. Henriette setzt sich auf ihre Hände und denkt den ganzen Abend an das, was sie jetzt eigentlich gern essen würde. Henriette schämt sich sehr, dass sie immer viel, viel mehr als die anderen essen möchte. Wo doch ein Blick genügt und man weiß, dass sie am besten erst mal ein paar Jahre gar nichts essen sollte.

Das legt ihr auch die Mutter ans Herz. Jeden Tag. Und bevor sie nach Mallorca fährt noch öfter. Wenn Henriettes Mutter dann endlich in Mallorca ist, geht Henriette jeden Tag in die Wohnung und gießt ihr die weißen Ananaserdbeer-Pflanzen, die sie seit ein paar Jahren auf der Fensterbank zieht. Henriette fliegt nicht mehr mit, weil sie in kein Flugzeug mehr steigt. Sie weiß nicht, ob der Spezialgurt noch lang genug für sie ist, und ob sie in die Toilettenkabine passt, weiß sie auch nicht. Als sie das letzte Mal geflogen ist, hat sie den ganzen Tag keinen Tropfen getrunken, nicht einmal den Frühstückskaffee, nur damit sie im Flugzeug nicht aufs Klo muss. Da ist sie fast kollabiert. Das ist mir Mallorca nicht wert, hat sie zu ihrer Mutter gesagt. Und dass die Mutter dann wenigstens niemanden mehr zum Gießen organisieren muss. Die Mutter hat tief geseufzt, aber Henriette ist sicher, dass sie mit der Freundin, die nun an ihrer Stelle mit der Mutter nach Mallorca fährt, eh mehr Freude hat.

IN HENRIETTES HERZ BLÜHT EINE MARGERITE

Henriette hat wegen ihres viel zu hohen Gewichts einen viel zu hohen Blutdruck und der hat Henriettes Herzmuskel hart gemacht. Hart wie Kruppstahl, zäh wie Leder, denkt Henriette, wenn sie an ihr Herz denkt. Am liebsten würde sie sich unter die Rippen greifen und es mit ihren Händen umschließen. Vielleicht würde sie ab und zu auch so richtig fest zudrücken. Eh nur kurz. Wie eine Herzmassage.

Henny ist verliebt. Wer war das, der von der Küche über den Flur, durchs Wohnzimmer und weiter noch durch die ganze Wohnung gelaufen ist, Henriettes Herz in der hochgestreckten Hand? Wem ist sie hinterhergelaufen, bis ihr die Luft ausgegangen ist, bis sie in einem Winkel im Wohnzimmer, gleich neben dem neuen Plattenspieler, einfach zusammengesunken ist. Ein Häufchen Elend ohne Herz. Gib her, hat sie schließlich gesagt und hat sich das Herz aus der entgegengestreckten Hand herausgenommen. Nein, sie hat niemandem verziehen. Nein, es hat auch niemand drum gebeten. So war das damals, so ist das heute. Nur dass das Heute immer der Anfang der Geschichte ist. Der nächsten Geschichte, der nächsten Liebe. Sagt Henriette, wenn sie über die Liebe spricht, als ob sie auch nur die kleinste Ahnung hätte.

In Henriettes Herz blüht seit einiger Zeit eine Margerite. Sie erzählt das niemandem, weil das mindestens so ein Blödsinn ist wie die Sache mit den zwei Mägen, aber sie spürt die Margerite trotzdem. Henriette ist froh, dass sie sich nicht unter die Rippen greifen kann, weil sie der Versuchung nicht widerstehen könnte. Henriette kann nämlich keiner Versuchung widerstehen: keiner Schokolade, keiner Cremeschnitte, keiner Stange Salami, keiner Schale mit Erdnüssen oder Chips. Keinem Eisbecher. Keinem Schweinsbraten. Keinem Schmalzbrot. Deshalb schaut sie auch aus, wie sie ausschaut. Alle können sehen, dass Henriette keiner Versuchung widerstehen kann. Alle können sehen, wie Henriette ist, und Henriette kann sehen, dass alle sehen, wie sie ist. Aber ihr Herz kann niemand sehen. Nicht einmal Henriette selbst und das ist gut, denkt sie, wenn sie an die Margerite denkt, die in ihrem Herz aufgeblüht ist. Sonst hätte sie ihr schon längst alle Blütenblätter ausgezupft. Sie hätte der Versuchung nicht widerstehen können.

Henriette ist verliebt, aber nicht in die Liebe. Henriette hasst die Liebe. Die Liebe tut weh und das kann ich nicht brauchen, sagt Henriette, wenn sie etwas über die Liebe sagen soll. Weil auch unter 190 Kilo ein ganz normaler Mensch steckt, sagt sie. Und weil in den 190 Kilo sogar mindestens zwei Menschen stecken und einem jedem tut die Liebe weh.

Das geht gerade noch, denkt Henriette, wenn sie an die Margerite in ihrem Herz denkt.

Henriette ist nicht verliebt in die Liebe, Henriette ist verliebt in einen Mann mit grünen Augen. Grün ist die Hoffnung, sagt Henriettes Mutter. Nur bei Henriettes Vater hat das nicht gestimmt. Der war ein Sauhund. Henriettes Mutter wird manchmal ausfällig. Henriette ist das gewöhnt.

Henriette könnte auch keinem Mann widerstehen. Nicht dem allerletzten. Henriette würde alles nehmen, das sie kriegt, sagt die Mutter im Supermarkt, sagt die Mutter beim Kleiderkauf, sagt die Mutter im Möbelhaus, sagt die Mutter, wenn sie über Männer spricht. Henriette nimmt alles, sagt sie.

Henriette nimmt alles in Kauf.

Henriette würde zwar jeden Mann nehmen, der sie nehmen

würde, sagt die Mutter. Aber kein Mann nimmt Henriette. 190 Kilo und sonst nichts. Wer soll sich das antun. Henriette denkt wie Henriettes Mutter. Das ist eine Linie. Das ist ein Boot, in dem wir beide sitzen, sagt die Mutter, weil sie sich ja ständig Sorgen macht um das Kind. Und um das Boot, das bald einmal untergehen wird, wenn Henriette so weiterfressen wird. Das sagt die Mutter nicht, weil man so etwas nicht sagt. Auch dann nicht sagt, wenn es stimmt. Denkt die Mutter und Henriette hört sie.

Henriette lächelt: In ihrem Herz blüht heimlich eine Margerite.

WENN HENRIETTE

Wenn Henriette alles zu viel wird, dann schaltet sie ab. Sie legt sich ein Kissen aufs Fensterbrett und schaut auf die Straße hinunter. Sie zählt die Fußgänger, die Radfahrer, die roten, blauen, schwarzen und gelben Autos. Nur die grünen zählt sie nicht. Sie erfindet Geschichten zum Beispiel über die Frau, die gerade hastig die Straße überquert und sich immer wieder über die Augen wischt. Heuschnupfen? Liebeskummer? Schlechte Nachrichten oder gleich ein Todesfall? Ihr Mann? Ihr Kind? Manchmal kann Henriette die Leute auf der Straße unten so gut verstehen, dass sie mit ihnen mitweint.

Wenn Henriette in einer depressiven Stimmung ist, legt sie sich ins Bett und rührt sich nicht. Nur in Henriette drinnen rührt sich etwas und das nicht zu knapp. Wie ein Neuronendauergewitter, sagt sie zum Arzt, wenn Sie wissen, was ich meine. Der Arzt weiß nicht, was sie meint. Er meint, dass sie sich bewegen und dass sie vor allem abnehmen sollte. Er ist so praktisch, weil er ein praktischer Arzt und das aus Berufung ist. Er gibt Henriette etliche praktische Ratschläge und Tabletten. Stimmungsaufheller. Zu Hause fällt Henriette ins Bett. Todmüde, weil alles so sinnlos ist.

Wenn Henriette an ihre Mutter denkt, denkt sie ans Leben und an den Tod. Henriette denkt, dass es nicht der Herrgott ist, der das Leben gibt und wieder nimmt, sondern dass es die Mutter ist. Henriette denkt, dass der Herrgott das nur nicht wahrhaben will und dass er deshalb gleich alle Frauen, auch die, die keine Mütter sind, in Beugehaft genommen hat.

Bücken sollt ihr euch, hat er zu den Frauen gesagt, damit es ihn nicht ganz so schmerzt, dass sie ihm über sind. Die Frauen aber sind die Bestimmerinnen über Leben und Tod geblieben, halt gebückt. Ist mir doch egal, hat Henriettes Mutter gesagt. Da kann ihr der Herrgott dann wenigstens nicht ins Gesicht schauen. Hinterkopf oder Arsch, mehr kriegt er nicht zu sehen. Arsch sagt man aber nicht, sagt Henriettes Mutter und grinst. Manchmal ist Henriettes Mutter richtig ordinär.

Wenn Henriette Bedürfnisse hat, dann macht die Mutter ein strenges Gesicht und sagt: Henny, du weißt doch! Die Mutter sagt nie, was Henriette doch weiß. Das ist schlecht für Henriette, weil sie ja sehr viel weiß. Henriette weiß eigentlich alles, sie weiß nur nicht, was die Mutter weiß, dass sie weiß.

Henriettes Leben ist mindestens so kompliziert, wie Henriette schwer ist. Darüber ist Henriette manchmal so angefressen, dass ihr direkt der Appetit vergeht. Das nützt sie dann sofort für eine Diät. Henriette würde dann gern was weglassen, irgendwas vom Komplizierten oder irgendwas vom Essen: das Fett, den Zucker, das Gekochte, das Fleisch, die Kohlenhydrate. Wenn Henriettes Leben wieder einmal besonders kompliziert ist, würde Henriette am liebsten gleich alles weglassen, als Erstes gleich einmal Henriette.

HENRIETTE WIRD BERATEN

Henriette sitzt neben ihrer Mutter auf einer roten Ledercouch im Wartezimmer und schaut auf die Uhr. Kaufhausmusik, eine gefüllte Wasserkaraffe, eine Thermoskanne mit Tee, Gläser. Ein großes Plakat, das ein sehr dünnes Mädchen zeigt. Ein Kleiderständer, unter dem bunte Gästehausschuhe stehen. Punkt 11 geht die Tür zum Beratungszimmer auf und eine Frau bittet Henriette ins Zimmer. Die Couch ist sehr niedrig und die Polsterung ist so weich, dass Henriette fast nicht in die Höhe kommt. Die Frau in der Tür schaut zu, wie Henriette sich plagt. Nehmen Sie Platz, sagt sie, als sie im Beratungszimmer sind und die Tür geschlossen ist. Die Mutter muss draußen bleiben, weil Henriette erwachsen ist. Nehmen Sie Platz, sagt die Frau und der Ton ist fordernd, so als ob Henriette zaudern würde. Der Sessel hat Armlehnen und ächzt unter Henriettes 190 Kilo. Normalerweise sind hier sicher nur magersüchtige junge Mädchen, Henriette setzt sich vorsichtig an den äußersten Rand des Sessels. Es geht sich gerade aus mit den Armlehnen. Sicher wird Henriette den Platz hinter sich trotzdem komplett ausfüllen. Henriette hält der Frau, die gegenüber sitzt, ihre offenen Augen überdeutlich entgegen, damit sie besser hinter sich schauen kann. Seit sich Henriette nicht mehr richtig bewegen kann, kann sie das meiste auch von innen aus sehen. Auch die Stuhllehne, an die sich ihr Rücken legt, und das T-Shirt, das nach oben gerutscht ist. Es ist das weiteste, das sie in ihrem Kleiderschrank gefunden hat. Sie steht auf, zieht das T-Shirt nach unten und setzt sich langsam wieder nieder.

Kilo für Kilo platziert sie auf den Sessel, ohne dass er unter ihr zusammenbricht und ohne dass ihr das T-Shirt verrutscht. Dann ist sie bereit. Henriette ist süchtig nach Essen und das bedeutet, dass Henriette immer nur die Ess-Taste drückt, wo das Klavier doch so viele Tasten hätte. Und diese Frau, eine Internistin, eine Fachfrau, drückt wieder und immer wieder auf eine andere Taste, auf die Erklär-Taste, denkt Henriette und schaut ihr ins Gesicht, als ob sie ihr jedes einzelne Wort glauben würde. Sie denkt: Wer bist du überhaupt und was willst du mir erzählen übers Klavierspielen. Du hast doch keine Ahnung. Nicht vom Klavierspielen und nicht von mir. Diese Frau ist ein grober Klotz und hat mit Sicherheit noch nie in ihrem Leben auch nur einen schönen Ton aus welchem Instrument auch immer herausgebracht, und wenn ihr zufällig einer in die Ohrmuschel fliegen würde, würde sie ihn sich wie einen Fliegenschiss mit einem Wattestäbchen herauskratzen. Die Mutter sagt, dass man sich mit Wattestäbchen nicht ins Ohr fahren darf und dass eine Internistin das wissen wird, aber sonst ist sie ganz Henriettes Meinung: Wo du doch eine Klaviervirtuosin hättest werden können, hast du ihr nicht deine Finger gezeigt? Und sonst? Sonst hat Henriette sich ausziehen müssen und dann hat die Frau auf ihrem Bauch herumgedrückt. Aber sie hat nichts ertasten können. Das hätte Henriette ihr gleich sagen können. Aber einen blauen Fleck hat sie gefunden, mitten auf dem Bauch. Nein, sie wird nicht geschlagen. Sie muss sich an der Tischkante angestoßen haben, weil es eigentlich zu eng zwischen dem Tisch und Henriette ist. Es passiert oft, dass sie sich stößt, sie merkt das gar nicht mehr. Henriette muss sich erklären, was eine Frechheit ist. Das findet auch Henriettes Mutter. Als ob sich ihre Tochter schlagen lassen würde. Henriettes Mutter und Henriette, beide finden, dass sie sich den Weg zur Beratung hätten sparen können. Wo das Gehen für Henriette eh schon so ein Aufwand ist. Wo jeder Schritt wehtut. 1 bis 2 Kilo pro Monat solle sie abnehmen, das wäre ideal. Lächerlich, sagt die Mutter, das erlebe ich ja nicht mehr, und du auch nicht. Henriette ist ganz ihrer Meinung.

HENRIETTES MUTTER DENKT

Manchmal denkt Henriette: Fick dich. Sie denkt es ganz scharf. Sie denkt es wie herausgehackt. Böse. Die Mutter sagt, dass man ficken nicht sagt.

 Henriettes Mutter schneidet Henriette die Haare, weil Henriette eh schon ungepflegt genug ausschaut und sich die Haare schneiden zu lassen, das wird doch sogar Henriette schaffen. Fick dich, denkt Henriette und lässt sich die Haare schneiden. Eine Journalistin hätte ich werden können, wenn ich deine Möglichkeiten gehabt hätte, sagt die Mutter, und du kannst nicht einmal stillhalten, wenn ich dir die Haare schneide. Henriette schweigt. Die Mutter denkt, dass sie als Journalistin über solche wie Henriette und ihre Mutter eine Reportage machen hätte können. Berühmt hätte sie werden können mit solchen Reportagen.

 Henriette denkt an den Mann, an Martin mit den grünen Augen. Sie hat ihn vor zwei Jahren auf der Firmenfeier gesehen, glaubt sie. Genau kann sie es nicht sagen. Aufgefallen ist er ihr auf jeden Fall nicht. Sie ist ihm aber schon aufgefallen, sagt er. Henriette hat nicht gefragt, warum sie ihm aufgefallen ist, weil sie die Antwort kennt. Henriette fällt immer und jedem auf, weil sie 190 Kilo hat. Weil sie in jede Runde platzt wie ein Gebirge auf Freigang. Deshalb geht sie auch schon länger auf keine Firmenfeier und auch sonst nirgends mehr hin. Sie geht vom Schlafzimmer ins Wohnzimmer, vom Wohnzimmer in den Flur und in die Küche. Das genügt. Im Wohnzimmer steht ein Tisch und auf dem Tisch steht der Laptop. Wenn sie ihn aufklappt, ist alles in Ordnung. Wenn sie 200 Kilo und mehr haben wird, wird sie nur noch das Handy verwenden können, weil sie dann nicht mehr aus dem Bett kommen wird, denkt Henriette und ihr fallen die 300-Kilo-Menschen ein, die sie im Fernsehen gesehen hat.

Henriette ist froh, dass sie nur 190 Kilo hat. Man findet immer jemanden, dem es noch dreckiger geht, sagt sie sich. Dann fällt ihr ein, dass alles, auch ihr Gewicht, nur eine Frage der Zeit ist. Alles ist eine Frage der Richtung, hat Martin gesagt. Grün wie ein Kaktus sind seine Augen, hat Henriette gedacht und wollte sofort eine Kaktusfeige sein. Seine. Die Mutter sagt, dass Henriette es sich zu leicht macht mit ihren Ideen, wie sie ihr Gewicht ja auch viel zu leichtnimmt. Sie denkt, dass Henriette deshalb 190 Kilo hat und bald 200. Henriette denkt Fick dich.

HENRIETTE SCHLÄFT SCHLECHT

Henriette schläft schlecht, deshalb hat sie zahlreiche Kissen im Bett liegen. So kann sie ein Bein oder beide, einen Arm oder den Kopf abstützen. Nach jedem Umdrehen, mühsam genug, muss sie die Kissen neu anordnen. Sie denkt, dass sie sich gern einmal einfach nur herumwälzen würde. Ihretwegen auch schlaflos und die ganze Nacht. Wenn sie es endlich geschafft hat einzuschlafen, dauert es höchstens 2 Stunden und sie wacht wieder auf. Das schwere Essen vom Abend wirft ihr den Bauch auf, als ob sie zusätzlich zu den 190 Kilo im 9. Monat schwanger wäre. Die mindestens 5000 Kalorien liegen wie riesige Steine im Magen.

Langsam, aber unaufhaltsam wird Henriette von den Steinen aus dem Schlaf gezogen, bis sie heroben am Licht der Nachttischlampe angekommen ist und merkt, dass sie ganz nass ist.

Schweißnass. Und Durst hat sie und aufs Klo muss sie auch. Eigentlich könnte der Tag beginnen, aber es ist erst 2 Uhr. Henriette muss also noch einmal von vorne anfangen mit dem Einschlafen.

Einmal träumt sie von einem großen Fest, eigentlich von den Hinterlassenschaften eines großen Festes: Pappbecher, Teller, leere Flaschen, Verpackungspapier, Plastikschüsseln, Pizzakartons, Zettel, Kerzenreste usw. liegen verstreut auf einer Wiese und Henriette merkt plötzlich, dass sie nur noch 100 Kilo hat. Sie greift auf ihren Bauch hinunter, fast glatt ist er, da hört sie die Mutter: Zieh sofort etwas Enges an, damit ich dich sehen kann. Henriette will ihre 100 Kilo geheim halten. Aber wie?

Vor lauter Nachdenken wacht Henriette auf. Sie greift sich auf ihren Bauch, er ist noch da. 9. Monat, denkt sie und streicht sich vorsichtig über die Wölbung, als ob tatsächlich ein kleiner Mensch darunter stecken würde. Henriette wird nie ein Kind haben. Es ist zu spät dafür. Aber zum Nachdenken hat sie noch viel Zeit, es ist erst halb 3. Als es auf den Morgen zugeht, fällt ihr ein, dass sie sich in Zukunft einen ihrer Sommerpyjamas unter ihr Gewand anziehen könnte. Wenn sie abnimmt, würde sie einen Winterpyjama nehmen. Wenn sie zunimmt, könnte sie den Sommerpyjama weglassen. Sie würde diese Pyjamazentimeter ihren Spielraum nennen.

HENRIETTE NIMMT

Jeden Morgen beschließt Henriette abzunehmen, deshalb isst sie entweder gar kein Frühstück (sie wird zwischen den Mahlzeiten lange Pausen machen) oder sie isst eine Eierspeise aus 3 Eiern (sie wird nur Eiweiß essen, das aber unbeschränkt, das Gemüse muss sie sich noch besorgen) oder sie isst eine Eierspeise aus 1 Ei (das Eiweißprogramm, aber abgewandelt, damit sie schneller abnimmt) oder sie isst eine Eierspeise aus 2 Eiern und hinterher ein Marmeladebrot. Sie wird von nun an auf ihren Körper hören. Deshalb isst sie dann noch ein Brot mit Nutella und danach noch eine Packung Kekse. Haferkekse, die sind gesund. Die Butter unter dem Nutella lässt sie weg. Die ist eh nicht nötig, sagt ihr Körper.

Zu Mittag bringt ihr die Mutter eine Tupperdose. Ist noch heiß! Sie hat extra gesund gekocht, extra wenig Fett, nur am Schluss noch ein Stück Butter, weil es ja auch schmecken soll. Extra viel Gemüse. Die Mutter bleibt am Tisch sitzen, bis Henriette aufgegessen hat. Sie will sehen, dass es Henriette schmeckt. Sie hat sich so bemüht. Und wenn das Kind satt ist, wird es sich nicht auch noch das ganze andere Zeug hineinstopfen, von dem es so dick geworden ist.

Schmeckt's? Ja, schmeckt. Henriette schabt den Teller blank. Die Sauce ist immer das Beste. Ihre Mutter holt noch etwas aus dem Korb heraus: die Nachspeise. Einen Pudding. Ist eh nur ein kleiner. Besser der als etwas anderes.

Henriette sollte nach dem Essen weiterarbeiten, aber sie ist so müde, dass sie sich niederlegen muss. Sie ist froh, dass sie von zu Hause aus arbeiten kann, und sie ist froh, dass Dateien geduldig sind. Sie warten lautlos, als ob es sie nicht gäbe. Henriette nimmt sich noch schnell eine Tafel Schokolade aus dem Versteck und verzieht sich ins Bett. Sie isst die Schokolade in großen Bissen und so hastig, als ob sie am Verhungern wäre. Ein paar Schokospäne fallen dabei ins Bett, schmelzen und machen braune Flecken. Schon wieder, denkt Henriette. Sie wird das Leintuch nicht abziehen. Es zahlt sich nicht aus. Sie wird aufbetten, damit die Mutter die Flecken nicht sehen kann. Sie holt sich eine Flasche Cola aus dem Kühlschrank. Vielleicht hat sie Durst.

Henriette liegt im Bett und denkt an die Margerite in ihrem Herz und wie schön weiß ihre Blütenblätter sind. Blütenweiß, ohne einen einzigen Schokoladefleck. Sie denkt an ihren 2. Magen und dass ihn auch das Cola nicht beruhigt hat, und sie denkt an Martin, der mit seinen grünen Augen und seinem Nachmittagskaffee gerade vor seinem Laptop sitzen wird. Henriette wird seinen Anruf nicht annehmen. Sie kann ihn heute nicht ertragen. Nicht wenn sie voll ist bis obenhin. Sie würde sich am liebsten ganz eng einrollen wie ein Schneckengehäuse, aber mehr als sich auf die Seite zu rollen und die Beine ein kleines Stück anzuziehen geht nicht, und selbst das ist extrem anstrengend. Sie ist zu dick. Wie ein Gebirge, denkt die Mutter, die noch einmal zurückgekommen ist, weil sie die Tupperdose vergessen hat. Das Kind hat nicht einmal abgewaschen, die Tupperdose sowieso nicht, aber auch der Teller steht noch auf dem Tisch. Henriette hat gerade noch rechtzeitig die Decke über die Schokoladeflecken gezogen. So wird das nichts mit dem Abnehmen, sagt die Mutter. Das ist dir doch hoffentlich klar. Ja, das ist Henriette klar. Morgen wird sie es angehen, aber wirklich.

HENRIETTE IST EINE,
DIE IM VORBEIGEHEN ISST

Henriette ist eine, die im Vorbeigehen isst. Warum tust du das, fragt Henriettes Mutter, und das immer wieder. Weiß Henriette denn immer noch nicht, dass man regelmäßig und nur zu den Mahlzeiten isst und nicht andauernd und im Vorbeigehen? Hat Henriette keine Augen im Kopf? Sieht sie nicht, was dieses Essen im Vorbeigehen für Folgen hat? Warum lernt Henriette ihre Lektion nicht, nicht ums Verrecken? Das mit dem Verrecken sagt Henriettes Mutter natürlich nicht, weil man so etwas nicht sagt. Wenigstens die Gedanken sind frei, denkt Henriettes Mutter. Leider, denkt Henriette, weil sie die Gedanken ihrer Mutter lesen kann. Schon mit 80 Kilo hat das begonnen. Erst waren es nur einzelne Wörter, aber mit jedem Zehnerschritt sind welche hinzugekommen und mittlerweile sind es ganze Sätze, die sie ihr von der Stirn ablesen kann wie von einem Teleprompter.

Henriette kennt die Antwort auf die Fragen der Mutter, aber die ist derselbe Blödsinn wie der 2. Magen und die Margerite im Herz und darum behält Henriette für sich, was eigentlich eh ganz klar wäre: Henriette isst im Vorbeigehen, weil Henriette so eine ist, die im Vorbeigehen isst. So einfach ist das.

Henriette ist außerdem eine, die im Vorbeigehen schaut, die im Vorbeigehen grüßt, die im Vorbeigehen etwas gesehen hat. Die im Vorbeigehen etwas mitgenommen, die sich im Vorbeigehen etwas aufgegabelt und beim nächsten Schritt wieder verloren hat. Die sich früher, als sie noch gut unter

100 war, sogar im Vorbeigehen an- und ausziehen hat können. Ausziehen schneller als anziehen, zumindest wenn der Mann gepasst hat. Die sich im Vorbeigehen in den Spiegel schaut, die im Vorbeigehen Wasser aufstellt und Pulver einrührt, die sich im Vorbeigehen eine Grießnockerlsuppe aus dem Packerl macht, anstatt sich etwas Anständiges zu kochen. Wobei Henriettes Mutter nicht ewig leben und ihr das Anständige vorkochen wird können. Henriette nickt deshalb mindestens so bekümmert wie ihre Mutter und wird sich bessern. Ganz sicher, sagt sie. Ganz sicher wird sie nie wieder an etwas vorbeigehen. Schon gar nicht an der Mutter, schon gar nicht, wenn die auf ein liebes Wort von Henriette wartet. Wenigstens ein Danke wäre schön. Ein anständiges Danke mitten ins Gesicht und nicht nur im Vorbeigehen. Henriette schwört, dass sie in Zukunft überhaupt gleich alles besser machen wird, weil ihr die Mutter leidtut, aber Henriette bleibt Henriette, die im Vorbeigehen isst.

MARTIN

Wegen Corona haben alle durchgedreht, nur Henriette ist die Ruhe selbst geblieben. Corona geht mich nichts an, hat sie zurückgeschrieben, als ihr mitgeteilt wurde, dass man ihr jemanden an die Seite stellen würde. Als Ersatz, falls sie einmal ausfallen würde. Auf einmal hatten alle Angst vor dem Ausfallen, partiell oder Totalausfall, aber Henriette hat das kaltgelassen, eiskalt. Lustig, dass jetzt alle anderen auch Angst haben. Lustig, dass sich jetzt auch alle anderen in ihren Wohnungen verstecken. Lustig, dass Henriette jetzt nicht mehr allein allein ist. So im Ganzen gesehen. Nicht lustig findet sie, dass sie auf einmal einen Aufpasser bekommen hat, denn die Sache mit dem Ersatzmann hat sie natürlich keine Sekunde geglaubt.

Henriette sei mit ihren 190 Kilo sowieso immer schon ein Risiko gewesen. Für sich, aber auch für die Firma, das müsse Henriette doch bitte verstehen. Sei man ihr bisher nicht ohnehin in jeder erdenklichen Weise entgegengekommen? Henriette müsse einsehen, dass eine Coronainfektion bei einer wie ihr mit Sicherheit Intensivstation bedeute. Also Totalausfall. Deshalb brauche sie jemanden an der Seite, der jederzeit über alles informiert sei, damit im Fall der Fälle ein komplikationsloser Wechsel garantiert sei. Schließlich seien Buchhaltung und Personalverrechnung ein Herzstück der Firma. Herzstück, Henriette hat sich fast nicht mehr eingekriegt. Aber dann hat sie zugestimmt, was hätte sie sonst machen sollen? Hätte sie erzählen sollen, dass sie außer ihrer Mutter und ab und zu irgendwelchen Ärzten niemanden trifft, von den diversen

Lieferdienstmitarbeitern abgesehen, aber mit denen teilte sie ja höchstens aus Versehen mal einen halben Atemzug. Wie sollte da ein Coronatröpfchen in ihren Rachen gelangen? Henriette hat schließlich zurückgeschrieben, dass sie selbst schon daran gedacht habe und dass es gut wäre, wenn sie jemanden an der Seite hätte, der sie in Zukunft ja auch im Urlaub vertreten könnte. Sie habe immerhin bereits ihre Mallorcareise abgesagt, weil genau da die Betriebsprüfung stattfinden sollte. Henriette bedankte sich für die Weitsicht, die man in der Firma an den Tag lege, und konnte dann die ganze Nacht nicht schlafen, weil ihr die Wut so umging. Und ein paar Tage später ist Martin auf dem Bildschirm erschienen.

Wenn Henriette sich daran erinnert, kriegt sie weiche Augen und eine sanfte Haut. Zart wie die Blütenblätter ihrer Margerite ist die ganze Henriette, wenn sie an Martin denkt. Aber damals war sie wütend. Als ob er nicht schon seit Jahren die Personalverrechnung und Teile der Buchhaltung machen würde, so genau fragte er alles, was einem nur einfallen kann, regelrecht ausgequetscht hat er sie. Henriette konnte sehen, dass er einen Fragenkatalog vor sich liegen hatte, den er offenkundig abarbeitete. Eine Art To-do-Liste, und nach jeder Antwort von Henriette notierte er sich ein paar Worte und hakte die Frage ab. Ein Pedant, ein ganz Genauer oder einer, der nicht weiß, wie es geht, dachte Henriette. Oder er ist vergesslich, fiel ihr noch ein. Henriette kennt das, sie ist auch vergesslich. Henriette spielte also mit, aber als er dann auch noch alle ihre Unterlagen haben wollte, hat sie Stopp gesagt. Nicht direkt Stopp, aber sie hat eine Ausrede gefunden. Sie hätte die meisten Dateien auf einer externen Festplatte gespeichert, sie würde ihm zu einem späteren Zeitpunkt alles gemeinsam schicken. Das warf sie in einem Ton in sein To-do-Listen-Palaver, bei dem sich der Mann trotz der schlechten Verbindung, die immer wieder für kurze Unterbrechungen sorgte, auskennen musste: Da geht nichts mehr. Martin hielt inne, die Überraschung, dass es mit dem Abhaken nicht weiterging, lag wie eine große Seifenblase zwischen ihm und Henriette. Er hob seinen Kopf, weg von seinen Listen und hin zum Bildschirm, hin zu Henriette, und da sah Henriette zum ersten Mal seine grünen Augen. Kaktusgrün.

HENRIETTE WIEGT SICH

Henriette ist längst über die normalen Waagen hinausgewachsen, deshalb hat ihr die Mutter schon vor einigen Jahren eine spezielle Waage gekauft. Im Internet. Da musste sie sich zum Bezahlen extra eine Visa Card besorgen, die sie dann sowieso auch für Henriettes Gewand gebraucht hat. Henriette ist mit der Zeit aus den Kleidergeschäften herausgewachsen. Auch aus den Spezial-Kleidergeschäften. Wenn Henriette unterwegs ist, schaut sie schon lang in keine Auslage mehr. Die Auslagen gelten nicht mehr für sie. Gut für Henriette, dass sie ohnehin nur noch alle heiligen Zeiten unterwegs ist.

Henriettes spezielle Waage kennt Henriettes spezielle Probleme, deshalb geht sie bis 300 Kilo und die Gewichtsanzeige findet sich auch nicht irgendwo unter Henriettes Bauch, sondern auf einer Anzeigetafel an einer Stange in der Höhe von Henriettes Brust. Über die kann Henriette gut drüberschauen, überhaupt, wenn sie keinen BH trägt. Sie trägt eh schon lang keinen BH mehr. Sie hat auch ohne die Träger, die ihr das Gewicht der Brüste in die Schultern graben, genug Schmerzen. Die kommen nicht vom BH. Die kommen vom ewigen Laptop-Sitzen, sagt die Mutter, und dass es wirklich eine Schande ist, wie Henriette herumläuft. Eine Frau sollte immer auf sich schauen, auch wenn kein Mann in der Nähe ist, sagt die Mutter, und dass sie schließlich auch jemand sei und dass Henriette sich letztlich auch aus Respekt ihr gegenüber ein wenig zusammenreißen könnte. Regelmäßig lüften, das wäre schon einmal ein Anfang. Öfter duschen und die Haare waschen.

Sich anziehen, wofür kauft sie denn die schönen Sachen im Internet. Sich richtig anziehen und nicht tagein, tagaus in irgendwelchen undefinierbaren Fetzen herumlaufen, nein, nicht laufen: sitzen. Bewegen sollte sie sich auch. Sonne würde sie brauchen, Henriette schaut schon aus wie ein Zombie.

Henriette fürchtet die Tiraden ihrer Mutter, aber sie kann ihre Mutter nicht aufhalten. Niemand könnte das, denkt Henriette. Außer vielleicht Richard Gere. Den hätte Henriettes Mutter gern als Mann gehabt. Oder wenigstens so einen Ähnlichen. Henriette denkt, dass sie auch lieber das Kind von Richard Gere wäre. Und von Julia Roberts, obwohl sie den Mund von Julia Roberts zu groß findet. Die könnte sich ein Tortenstück quer in den Mund stecken, denkt Henriette, die einfach immer nur ans Essen denkt. Und nach dem Essen an die Waage, die wie ein drohender Zeigefinger im Bad steht. Bevor sie den Kühlschrank öffnet oder eines ihrer Spezialverstecke für speziell verbotenes Essen aufsucht, wiegt sie sich. Von der Zahl, die erscheint, zieht sie erst einmal ein Kilo ab wegen dem Gewand. Wenn sie dann 190 hat oder sogar drunter liegt, kann sie beruhigt essen. Dann ist eh noch alles in Ordnung. Wenn sie drüber liegt, dann ist es aber eh schon egal. Dann isst sie nur ein wenig schneller. Noch schneller als sonst, als ob sie dadurch weniger schnell zunehmen würde. Als ob sie gar nicht wirklich etwas essen würde. Bald wird sie nachjustieren müssen. Von 190 auf 195. Nur keine 200, sagt sie sich. 200 Kilo, das wäre echt schlimm.

HENRIETTE UND DER WINTER

Der Sommer ist arg, weil jedes Kilo in der Sommerhitze doppelt zählt, und der Winter ist noch ärger, weil Henriette zwar 190 Kilo hat, weil die Henriette aber nicht wärmen können, schon gar nicht, wenn es richtig kalt ist. Im Winter friert sich Henriette den Arsch ab, auch wenn die Mutter sagt, dass man Arsch nicht sagt. Aber sie kauft Henriette warme Sachen. Lange, dicke Pullover und noch dicker gefütterte Leggings, hübsch gemustert, findet die Mutter, und Henriette soll die Sachen bitte wenigstens auch zu Hause anziehen. Weil für den Schrank hat Henriettes Mutter die Sachen nicht gekauft. Der Schrank friert nicht, Henriette schon, sagt sie. Und Heizkosten würde das auch sparen.

Henriette sitzt mit halblangen Haaren und Stirnfransen vor dem Laptop. Bald wird sie in der Winterkleidung hilflos feststecken und nicht mehr vor- und nicht zurückkönnen. Henriette wird jemanden beauftragen müssen, der sie aus dem Schreibtischsessel, Spezialanfertigung, hievt und ihr Pullover und Leggings auszieht. Der Mutter ist Henriette ja schon lang zu viel. Da wird also jemand von irgendeinem Hilfsdienst kommen und Henriette erst aus dem Sessel und dann aus dem Gewand ziehen müssen. Furchtbar. Henriette wird vollkommen erschöpft sein, wenn das geschafft ist, weil sie nach ihren Möglichkeiten mitgeholfen und weil sie sich dabei halb tot geschämt haben wird.

Auch wenn der Mensch vom Hilfsdienst doch eh schon alles gesehen hat, das man sich nur ausdenken kann, wird sich

Henriette unterhalb vom Hals vergessen müssen. Komplett vergessen müssen. Zu 100 Prozent, Totalausfall abwärts. Henriette wird nur noch aus ihren halblangen Haaren, der Stirn, in die die Stirnfransen hängen, einer Nase, einem Mund, aus Wangen und einem Kinn und drunter noch einem zweiten bestehen. Das zweite Kinn und den Schweiß, der ihr aus allen Poren quellen wird, wird sie auch vergessen. Und dass sie über und über rot angelaufen ist auch, und sie wird den Atem anhalten, bis der Hilfsdienstmensch aus der Wohnung draußen ist. Danke, wird sie die Mutter sagen hören. Es ist halt nicht leicht, wenn man so ein Kind hat. Erwachsen wird es einem nie. Es wird immer Hilfe brauchen. Henriette wird ihre Mutter hassen, wie sie sie noch nie gehasst hat, aber sie wird es nicht merken, weil der Hass unterhalb der Gurgel sitzt. Wenn Henriette wieder Atem holt, spürt sie ihren 2. Magen. Er ist so leer, dass es wehtut.

HENRIETTE ÜBERSIEHT DIE ZEIT

In der Wohnung unter Henriette ist es laut. 3 Kinder hat sie gezählt, ein 4. scheint auf dem Weg zu sein. Henriette sieht die junge Frau von ihrem Küchenfenster aus, wenn sie die Kinder in die Schule oder in den Kindergarten bringt. Wie sie ihren Bauch vor sich herträgt, das Becken extra weit vorgeschoben und der Gang breitbeinig, so gehen nur Schwangere. Da wird also zum Kinderlärm, an den Henriette sich mit Müh und Not endlich gewöhnt hat, auch wieder Babygeschrei kommen. Die kriegen den Hals nicht voll, denkt Henriette, die sich nun auch den Baulärm erklären kann, der sie wochenlang beim Arbeiten gestört hat. Die haben die Nebenwohnung dazugenommen und durchgebrochen. Ganz sicher. Henriette war auch darüber informiert worden, dass die Wohnung zum Verkauf steht, und sie hatte auch überlegt, ob sie nähere Informationen einholen sollte. Ein Stockwerk tiefer. Wenn der Lift wieder einmal ausfällt, wäre das ein echter Vorteil gewesen. Sicher hätte sie einen Kredit bewilligt bekommen. Aber dann war ihr der ganze Aufwand zu viel, außerdem wollte sie die Mutter nicht allein lassen. Allein lassen?, denkt Henriette.

Henriettes Mutter wohnt in der Wohnung genau über Henriette: Ihr Schlafzimmer liegt über Henriettes Schlafzimmer, ihr Wohnzimmer liegt über Henriettes Wohnzimmer, ihr Flur liegt über Henriettes Flur, ihre Küche liegt über Henriettes Küche. Da die Wände nicht nur einen Stock hinunter, sondern auch einen Stock hinauf besonders hellhörig sind, ein typischer Fünfziger-Jahre-Bau, weiß Henriette zum Beispiel immer, wann ihre Mutter aufsteht, weil sie zu ihrer Morgengymnastik besonders laut Musik hört. Damit sie in Schwung kommt. Schwung, verstehst du? Zudem wackelt dann auch Henriettes Plafond. Zahlreiche Übungen gehen über Henriettes Plafond, weil Henriettes Mutter was auf sich hält und da muss man sich halt auch fit halten. So macht sie Übungen für den Rücken, den Bauch, die Schultern, die Knie und natürlich auch für den Po. Die Mutter hat nämlich einen Po und das soll auch so bleiben. Sie will keinen Arsch wie Henriette kriegen. Für einen Po muss man etwas tun, Ärsche lässt man einfach, wie sie sind. Ordinär. Weshalb man Arsch nicht einmal sagt.

Was machst du nur immer da bei dir oben, da scheppert bei mir unten sogar der Luster!, hat sich Henriette einmal beschwert, was die Mutter verdammt noch einmal jetzt aber schon geärgert hat. Sie mit ihren 62 Kilo ist gar nicht in der Lage, irgendwas bei Henriette unten zum Scheppern zu bringen. Henriette soll sich doch viel besser um ihre eigenen Angelegenheiten kümmern. Da hätte sie doch wahrlich genug zu tun. Scheppern!

Scheppern! Das hat sie dann noch etliche Male wiederholt und dazu den Kopf geschüttelt. Fassungslos. Am nächsten Morgen hat der Plafond ganz besonders gewackelt und der Luster hat ganz besonders gescheppert. Rhythmisch, als ob sie einen Liebhaber im Bett hätte, denkt Henriette und jetzt ist es Henriette, die den Kopf schüttelt. Die Mutter ist gut über 70.

In Henriettes Wohnzimmer steht ein Klavier, in der Wohnung von Henriettes Mutter im Stock darüber steht an der Stelle des Klaviers eine Chaiselongue. Aus Echtleder, sagt die Mutter gern und klopft der Chaiselongue dabei anerkennend auf die Liegefläche. Sie hat sich dieses schöne Stück besorgt, als Henriette in die Wohnung unter der ihren gezogen ist und das Klavier natürlich mitgenommen hat. Henriette stellt sich genau unter die Chaiselongue und horcht zum Plafond hinauf, aber die Mutter scheint genau jetzt mit ihrer Morgengymnastik fertig zu sein. Henriette hebt den Klavierdeckel und klimpert auf den Tasten herum. Sie schaut auf die Uhr, sie hat noch Zeit bis zum Meeting. Sie setzt sich nieder und fängt zu spielen an. Irgendetwas, das ihr in den Sinn, das ihr in die Finger kommt. Erst den türkischen Marsch und dann all das andere, das sie immer noch auswendig kann, das sie immer noch mit geschlossenen Augen spielen kann. Sie spielt und spielt.

Martin hat Verständnis. Das kann doch leicht einmal passieren, dass man die Zeit übersieht, findet er. Und es waren doch eh nur ein paar Minuten. Henriette findet das überhaupt nicht, Henriette hasst jede Minute, die jemand zu spät kommt, aber das sagt sie natürlich nicht.

Nicht jetzt, und später, wenn Martin einmal die Zeit übersehen wird, wird sie es auch nicht sagen. Aber hassen wird sie jede Minute, die er zu spät gekommen sein wird. Henriette findet, dass sie wieder einmal ganz schön kompliziert ist, deshalb lächelt sie so charmant, wie es nur geht, in den Bildschirm hinein. Sie will Martin nicht verschrecken. Sie hat sich vor lauter Eile wegen des Klavierspielens ja nicht einmal mehr frisch frisieren können. Sie hat sich keine Ohrringe in die Ohrläppchen gesteckt und hoffentlich hat sie keinen Fleck auf der Brust, weil sie das Nutellaglas doch noch ganz leer gemacht hat, obwohl sie schon mit dem Frühstück fertig gewesen ist und das schöne T-Shirt schon angezogen hatte.

Hast du schon herausgefunden, in welcher Abteilung diese Rechnung ausgestellt worden ist? Die, die uns letztes Mal viel zu hoch vorgekommen ist?, fragt sie, als ob nichts wäre.

Ja, Martin hat.

Was für ein Glück. Henriette freut sich überschwänglich. Da können wir weitermachen.

Henriette kann ganz nebenbei erkennen, dass Martins Liste heute nicht lang ist. Kaum etwas abzugleichen, kaum Probleme, alles paletti, so schaut das heute auch von ihrer Seite her aus. Sie wirft unauffällig einen zweiten Blick in Richtung von Martins Liste. Auch bei näherem Hinsehen sind nicht mehr als 5, 6, höchstens 7 Punkte zu erkennen, die er sich notiert hat.

Die ganze untere Hälfte des Zettels ist leer. Henriette denkt an die Leute, die unter ihr wohnen. Die haben mit Sicherheit diese Work-Life-Balance, von der so viel die Rede ist. Oder geht das mit Kindern nicht mehr? Henriette will auf jeden Fall auch so eine Balance haben, speziell heute, wo noch viel freier Platz auf der To-do-Liste von Martin ist. Nicht, dass die ganze Henriette in den freien Platz hineinpassen würde, solche To-do-Listen sind noch nicht erfunden worden, auf denen man 190 Kilo unterbringen kann, aber ein paar Teile von ihr könnten sich ausgehen. Während Henriette mit Martin die Buchhaltung bespricht, überlegt sie, wie sie es Stück für Stück auf seine To-do-Liste schaffen könnte.

HENRIETTE HAT KOPFTOURETTE

Henriettes Mutter auf der Chaiselongue unter dem werdenden Vater vom ersten Stock: Lautes Aufstöhnen, das – von hier auf jetzt nach innen verschluckt – abrupt aufhört, aber gleich wieder anhebt und anzuschwellen beginnt.

Henriettes Mutter auf der Chaiselongue unter dem werdenden Vater vom ersten Stock. Henriettes Luster scheppert auf und ab. Henriettes Luster scheppert so heftig auf und ab, dass er ein Loch in den Plafond reißt, in dem – von hier auf jetzt nach innen verschluckt – alles verschwindet.

Henriettes Mutter auf der Chaiselongue unter dem werdenden Vater vom ersten Stock und Henriette zwischen den ganzen Lusterscherben auf der Leiter.

Henriettes halblange Haare, ihre Stirn, in die ihr die Stirnfransen hängen, ihre Nase, ihr Mund, ihre Wangen und ihr Kinn, staubbedeckt, schauen aus dem Loch im Stabparkett der Mutter.

Henriettes Kopf, umstanden von den Holzteilen des Parketts wie von der Halskrause einer antiken englischen Königin. Oder umgekehrt: Henriette wie in einer Reuse. Oder wie in einer Lebendfalle.

Die Mutter wirft zwischen zwei Stößen eine Decke über Henriettes Kopf, der – von hier auf jetzt nach innen verschluckt – verschwindet.

Henriettes Mutter auf der Chaiselongue unter dem werdenden Vater vom ersten Stock. Lautes Aufstöhnen, das – von hier auf jetzt nach innen verschluckt – abrupt aufhört, aber gleich wieder leise anhebt und anzuschwellen beginnt.

Crescendo. Decrescendo. Wie in der Musik.

Wenn das so weitergeht, werde ich noch ganz deppert, denkt Henriette.

HENRIETTES HEIMLICHKEITEN

Henriette hat Geheimnisse: geheime Fächer und geheime Laden für ihre Vorräte. Nutella, Chips, Salamistangen, Schokolade, Erdnüsse. Immer nur ein Glas, eine Packung, ein Stück. Für den Anfang. Henriette ruft sofort bei einem Lieferdienst an, wenn sie merkt, dass es gleich losgehen wird. Sie wählt die Schnellzustellung, sie zögert den Start so weit hinaus, wie es geht. Henriette hat viel Übung, sie schafft es meistens ziemlich genau, dass sie ihre Vorräte aufgegessen hat, wenn die Lieferung kommt. Der Job als Buchhalterin passt dazu gut, weil sie da ja auch sehr genau sein und ein ganzes kompliziertes System verstehen muss, das man eigentlich gar nicht verstehen kann. Man kann es exekutieren, aber man versteht es nicht und nicht. Nicht als Ganzes. Das findet auch Martin. Man muss doch nicht immer alles verstehen, findet die Mutter, aber wahrscheinlich ist das bei Menschen wie Henriette so, dass sie sich nicht damit begnügen wollen, dass eh alles klappt, auch wenn man es nicht bis ins Letzte versteht. Henriettes Mutter sagt zu ihren Freundinnen, dass sich Henriette nie mit irgendwas begnügt, dass Henriette wie ein Fass ohne Boden ist. Dass sie von Henriette regelrecht ausgesaugt wird, weil alles, das in Henriette hineinfällt, unten wieder herausplumpst. So schnell herausplumpst, als ob es nie drin gewesen wäre. Kein Wunder, sagt die Mutter zu ihren Freundinnen. Was will schon drin sein in einer wie Henriette. Ihre Freundinnen, lauter alte Weiber mit lächerlich gefärbten Haaren und schon ewig ohne Mann zwischen ihren Beinen, kichern blöd und ergänzen:

Oder wer. Henriette hat drei Lieferdienste. Sie sollen voneinander nichts wissen. Niemand soll wissen, was und wie viel Henriette bestellt. Aber jeder im Haus kann sehen, dass Henriette schon wieder etwas bestellt hat, weil die Lieferdienste so auffällige Fahrzeuge haben. Henriette wird nun auch noch in Webshops von Produzenten einkaufen, auch wenn die Sachen dort nicht genau ihre Produkte und schon gar nicht ihre Marken führen und außerdem teuer sind: Dauerwürste, Pasteten im Glas, Schokoladen, karamellisierte Nüsse. Wichtig: Alles kommt in normalen Paketen, denen man nicht ansieht, was drin ist. Henriette surft stundenlang, bis sie ihre Bestellungen beisammen hat. Als plötzlich ihre Mutter hinter ihr steht und ihr die Hand auf die Schulter legt, zuckt sie zusammen. Henriette hat sie gar nicht kommen gehört. Die Mutter freut sich, weil Henriette jetzt endlich anfängt, auf Qualität bei ihren Lebensmitteln zu achten. Henriette aber hat einen halben Herzinfarkt gekriegt. Ihre Mutter hat von Anfang an einen Schlüssel zu ihrer Wohnung gehabt, falls etwas passiert. Und sonst auch, weil das Aufstehen und Zur-Tür-Gehen für Henriette ja sehr anstrengend ist und außerdem immer ewig lang dauert. Die Mutter würde jede Menge Zeit vor Henriettes Tür verplempern, bevor die Tür endlich aufginge.

Einmal macht Henriette heimlich einen Screenshot von Martin und hofft, dass er nichts merkt. Sie druckt den Screenshot aus und hängt sich den Ausdruck im Schlafzimmer an die Wand, gleich neben ihr Bett. Dort, wo der Kopfpolster liegt. Das ist sehr anstrengend, weil sie dafür das Bett weg- und wieder zurückschieben muss, aber jetzt kann sie Martins Gesicht sehen, wenn sie sich auf die Seite dreht. Als ob er neben ihr liegen würde. Henriette findet das beruhigend, sie kann jetzt viel besser einschlafen als früher. Henriettes Mutter findet das Foto an der Wand pubertär, sie fragt Henriette, wer das überhaupt sein soll und ob sie sich nicht wenigstens ein Poster von Richard Gere an die Wand hängen will. Der wäre wenigstens ein fescher Mann, ein Mann mit Stil. Henriette geniert sich, weil sie ja wirklich kein Teenie mehr ist. Am liebsten würde sie wenigstens ihre Schlafzimmertür absperren, weil es die Mutter doch einen Dreck angeht, ob sie sich und wen sie sich an die Wand hängt, aber das würde die Mutter mörderisch aufregen. Da würde die Mutter sofort einen Komplettherzanfall kriegen, wenn Henriette sie so aus ihrem Leben aussperren würde. Wo Henriettes Mutter doch alles für Henriette tut.

HENRIETTE UND BODYSHAMING

Es dauert eine Zeit, aber schließlich versteht Henriette, dass sie sich nicht mehr für ihre 190 Kilo schämen soll, weil sie im 21. Jahrhundert lebt. Sie versteht, dass im 21. Jahrhundert ihr Body nicht einmal mit 190 Kilo zu dick ist, sondern schön. Henriette versteht, dass sie und überhaupt alle Menschen auf dieser Welt einen schönen Body haben, weil einfach jeder Body schön ist, und Henriette versteht, dass sie deshalb ein Recht auf alles hat, auf das bis zum 21. Jahrhundert nur die Leute mit den schönen Bodys ein Recht gehabt haben. Ihr wird ganz schwindlig vor lauter Verstehen. So ein Blödsinn, sagt Henriettes Mutter und greift Henriette über die Schulter. Sie klappt den Laptop zu: Als ob Henriette einen Body hätte. Henriette soll nicht immer alles glauben, was sie liest. Das ist nämlich noch genauso wie im 20. Jahrhundert, dass sie den Leuten an jedem Eck einen Bären aufbinden wollen. Henriette soll sich besser anziehen und eine Runde spazieren gehen. Unter die Leute gehen. Da wird sie schon sehen, wie es im 21. Jahrhundert ist. Und für ihren Kreislauf wäre es auch gut und ob sie sich schon einen Termin zur Blutabnahme geholt hat. Diabetes!, sagt sie, und: Metabolisches Syndrom.

Als die Mutter weg ist, klappt Henriette den Laptop wieder auf und lernt so viele englische Ausdrücke, dass ihr der Schädel brummt. Body Confidence, Fat Acceptance, Diversity, Lookism, Bodyshaming.

Henriette nimmt eine Kopfwehtablette und legt sich ins Bett. Sie streicht sich über die Arme, die Brüste, den Bauch.

Ihre Haut ist kühl und weich. Sie schaut zu dem an die Wand geklebten Martin. Das Bild ist schlecht, man kann ihn kaum erkennen, nicht einmal das Grün seiner Augen. Henriette dreht den Kopf zurück. Eh besser so, denkt sie. Sonst hätte sie sich vor ihm geschämt. Das ist Bodyshaming, denkt sie und dass sie deshalb ihr eigener Feind ist. Das auch noch.

HENRIETTE HAT GEFÜHLE FÜR ZWEI

Die Nacht war schlimm, eines der Kinder von unten hat stundenlang geschrien. Vor Schmerz. Das Kind muss sich was gebrochen haben oder eine Kolik gehabt haben oder sonst was in der Art. Aufschreien, minutenlang auf einer Tonhöhe kreischen, wimmern, Stille, dann erst recht wieder aufschreien, weil dir der Schmerz wieder einfährt wie eine Rakete nach innen, sagt Henriette, die weiß, wie Schmerz geht. Sie war drauf und dran, die Polizei zu rufen. Das ist doch nicht normal, dass man ein Kind die halbe Nacht schreien lässt. Da muss man doch einen Arzt rufen oder überhaupt gleich ins Krankenhaus fahren. Notaufnahme. Martin findet das auch und er kann auch verstehen, dass Henriette heute unkonzentriert ist. Er schreibt irgendetwas auf seine To-do-Liste. Oder sie haben das Kind verdroschen, sagt Henriette.

Kann auch sein, sagt Martin und hebt den Kopf. Wollen wir trotzdem anfangen? Ja, Henriette wird sich bemühen, schließlich wollen sie vorankommen.

Henriette schaut aus dem Küchenfenster. Es sind wenige Leute unterwegs. Später Vormittag, das ist auch die falsche Uhrzeit. Die meisten Leute sind in der Früh und gegen Abend unterwegs. Auf dem Weg zur Arbeit und auf dem Weg nach Hause. Auch die Arbeitslosen und die Pensionisten halten sich daran. Auch die Hundebesitzer. Dazwischen sind nur die Kinder zu sehen, die haben noch einen anderen Stundenplan, und über den Tag verstreut gibt es ein paar Irrläufer. Solche, die sich nicht einordnen können. Oder Schwangere oder solche, die in der Nacht ihre Kinder verdreschen und deshalb verschlafen. Aber nicht einmal die von unten sind unterwegs. Wenigstens ist es jetzt ruhig, denkt Henriette und macht sich ein Marmeladebrot. Es ist wirklich ruhig. Henriette kann sogar ihr Kauen hören. Ist es Martin egal, wenn ein Kind verdroschen wird? Oder hat er ihr nicht zugehört? Er hat ihr nicht zugehört. Er hatte nur seine To-do-Liste im Sinn. Kaktusgrüne Augen, ob ihr das genügt? Sie weiß ja nicht einmal, wie er aussieht, so als Ganzer. Die Firmenfeier ist immerhin zwei Jahre her. Ob er groß oder klein ist.

Wie er geht. Wo er sein Handy hinlegt, wenn er die Hose auszieht, und wo er das Ladekabel hängen hat. Ob er gern Schokolade isst. Ob er lieber essen oder lieber ins Kino geht. Ob er Höhenangst hat. Ob er Musik mag? Klavier? Auch von schönsten grünen Augen kann man sich nichts kaufen. Henriettes Mutter findet, dass Augen keinesfalls genügen und dass Henriette einen Besseren verdient hat. Einen mit Gefühl. Henriettes Mutter weiß nicht, dass Henriette nicht nur einen 2. Magen, sondern auch Gefühle für zwei hat. Es stecken ja auch zwei Menschen in den 190 Kilo. Mindestens zwei, denkt Henriette. Martin und ich, denkt sie, das geht sich auf jeden Fall aus. Die Mutter kriegt einen Lachanfall und wird Henriette speziell untersuchen lassen müssen, wenn sie noch lang so daherredet. Ich hasse dich so sehr, denkt Henriette und hat erst recht Gefühle für zwei.

Die Mutter stellt das Essen auf den Tisch. Gulasch. Wieder einmal. Die Margerite gehört nur mir. Wie kommt Henriette jetzt auf die Margerite? Auf diese Margerite in ihrem Herz?

Henriette kann sich nicht entscheiden, wie sie das finden soll. Zu schade, dass sie sich nicht unter die Rippen greifen kann. Gern würde sie sich jetzt den Blütenkopf in die Hand legen. Heimlich, so, dass die Mutter sie nicht sehen könnte.

Und ganz vorsichtig. Natürlich. Sie tunkt den Löffel in die rotbraune Sauce, die den Teller bis zum Rand ausfüllt, sie schiebt ihn unter einen Fleischbrocken. Iss, das isst du doch gern, sagt die Mutter. Sie hat nur mageres Fleisch genommen und keine Flachsen, weil Henriette die Flachsen nicht mag. Obwohl ins Gulasch eigentlich Flachsen gehören. Und Gänseschmalz, aber das hat Henriettes Mutter auch weggelassen. Ja, jetzt schmeckt es natürlich nicht mehr so gut. Henriette isst. Man kann halt nicht alles haben, sagt die Mutter. Ich will aber alles haben, denkt Henriette.

HENRIETTE UND EIN BODYBUILDER

Henriette schließt den Kühlschrank. Was sie gesehen hat? Schinken. Schinken und Käse, beides noch fest verschweißt in ihren Plastikpackungen. Damals war es ein anderer Schinken. Dick heruntergeschnitten und von einem breiten Fettrand gesäumt lag er auf dem Wachspapier herum, wie er dem jungen Kerl von der Gabel gefallen war bei seinen hastigen Versuchen, sich so viel wie möglich in den Mund zu stecken. Daneben lagen ebenso dicke Käsescheiben.

Vor Henriette ein Becher Kaffee, vor dem jungen Kerl ein Becher Kaffee und Brotscheiben und ein Butterstück, in dem sich Messerspuren abzeichneten. Orangensaft, Bananen. War das ein Schock, sagte er, nachdem er zwischen zwei Bissen eines Schinken-Käse-Brotes klargestellt hatte, dass er ein Bodybuilder war und das schon seit einigen Jahren. Da sind Henriette auch die Halsmuskeln aufgefallen. Wie gut, dass sie das am Abend nicht gesehen hatte, solche Halsmuskeln findet Henriette scheußlich. Echsenartig. Abturnend bis ins Letzte. Geküsst hat er aber perfekt. Hingebungsvoll, als ob sie in aller Ruhe, ohne einen Anflug von dieser Notgeilheit, die Henriette von anderen One-Night-Stands kannte, ineinander eintauchen würden, schon beim Küssen. Fast bedächtig. Vielversprechend. Hinterher war es dann doch nur ein normaler One-Night-Stand.

Der junge Kerl mit den Echsenhalsmuskeln schält sich eine Banane. Er muss auf seine Ernährung achten, weil das Bodybuilden etwas ist, das das ganze Leben beeinflusst, vor allem die Ernährung. Das ist nicht nur blödes Trainieren, sagt er und beißt Stück für Stück von der Banane ab. Er tut das so gewissenhaft und mit so viel Nachdruck, als ob es sich nicht ums Essen, sondern um eine Kraftübung handelte, und als ob er nicht in Henriettes Küche, sondern in seinem Bodybuilder-Studio säße. Er muss jetzt ordentlich was essen, sagt er, er hat sich nämlich gleich nach dem Aufstehen auf die Waage gestellt und einen Schock gekriegt: 2 Kilo hat ihn die Nacht mit Henriette gekostet. Er ist aber trotzdem froh, weil er jetzt weiß, dass er noch kann. Henriette ist auch froh, dass er noch können hat, aber hauptsächlich denkt sie, dass sie von so ein bisschen Vögeln nie im Leben 2 Kilo abnehmen würde. Sie denkt, dass sie Tag und Nacht nichts anderes täte, wenn das bei ihr auch funktionieren würde. Sie sagt das auch zu dem jungen Kerl, nur das bisschen vor Vögeln lässt sie weg, immerhin hatte er bemerkenswert gut geküsst. Er schüttelt aber nur den Kopf, als ob Henriette irgendetwas Komisches von sich gegeben hätte, als ob der Wunsch abzunehmen etwas vollkommen Abwegiges wäre. 2 Kilo abgenommen in einer Nacht, wiederholt er mehrfach. Noch vor 5 Jahren war er ein richtiger Spargeltarzan. So dünn, sagt er und zeichnet ein paar Striche in die Luft – Rumpf, Beine, Arme –, dann greift er nach einer weiteren Banane und beginnt sie zu schälen. Nicht, dass dir schlecht wird, sagt Henriette.

Damals war sie noch unter 80. Und ein junges Ding, sagt die Mutter. Alles hätte anders laufen können, ganz anders. Wenn du nicht gar so dick geworden wärest, wäre überhaupt alles anders geworden. Henriette hätte nur auf sie hören müssen, sie hätte nur nicht pausenlos irgendwelchen Dreck in sich hineinstopfen müssen. Und ich, sagt die Mutter, habe schon damals leere Chipstüten, Stanniolpapier, die Brocken, die Brösel und die weggesprungenen Erdnüsse gefunden. In den

Ritzen der Couch, unter den Kissen im Bett, im Eck hinter dem Kühlschrank. Von den Flecken im Leintuch würde sie gar nicht reden. Schon damals ist mir der Dreck direkt entgegengesprungen, wenn ich irgendwas auch nur angerührt habe in deiner Wohnung, sagt sie und dass sie wegen Henriette ein Trauma gekriegt hätte, hätte sie nicht ihre Freundinnen gehabt. Freundinnen, betont sie. Wenn du weißt, was ich meine. Henriette weiß, was sie meint. Henriette hat nur ganz wenige Freundinnen gehabt und die sind ihr über die Jahre verloren gegangen. Alles wäre anders gelaufen, sagt die Mutter. Vielleicht wäre Henriette sogar eine Klaviervirtuosin geworden, wenn sie auf ihre Mutter gehört hätte.

Henriette fällt ein, dass die Bodybuildergeschichte eine ziemlich besondere ist, denn bis zu ihm und auch danach hat sie nie wieder jemanden erlebt, der sich so gar nicht für ihre Kilos interessiert hat. Sie ist nicht aufgewacht, als er in aller Herrgottsfrüh munter geworden ist. Als er aufgestanden ist und sich gewogen hat. Als er entsetzt ins Gewand gefahren ist und nach Henriettes Schlüsseln gesucht hat. Zum Supermarkt ums Eck gelaufen ist und Frühstück gekauft hat. Und zurückgekommen ist. Kaffee gemacht und den Frühstückstisch gedeckt hat. Als Henriette aufwachte, hat es nach Kaffee gerochen und nicht nach Raub. Und umgebracht hat er sie auch nicht.

ALLES BESTENS, SAGT HENRIETTE

Henriette denkt nicht Martin und ich, wenn sie an Martin und Henriette denkt, sie denkt: Wir werden ungefähr im selben Alter sein. Vielleicht 5 Jahre auf oder ab, das spielt in unserem Alter keine Rolle. Wie 5 Kilo auf oder ab bei 190 Kilo auch keine Rolle spielen, denkt sie. Die kleinen Ziele fallen ihr ein, von denen immer die Rede ist. Nur die kleinen Schritte zu den kleinen Zielen sind realistisch, nur die lassen sich auch erreichen, schön eines nach dem anderen, heißt es. Kleine Schritte sind okay, denkt Henriette. Große Schritte gehen ja von Natur aus nicht, wenn so viele Kilo auf so kleine Füße wie die von Henriette hinunterdrücken, auch wenn die Füße bald einmal doppelt so groß wie ursprünglich sein werden. Durchgebrochen, angeschwollen, platt getreten. Aber kleine Ziele für eine wie Henriette? Nein.

Kleine Zahlen, kleine Ziele, große Zahlen, große Ziele, das findet Henriette und sie denkt an die übergroße Zahl 190 und unmittelbar drauf an Martin und dass es gleich losgeht mit dem Meeting. Sie öffnet die Dateien, die sie brauchen wird. Irgendwas stimmt angeblich mit den Konten nicht. Sie legt sich die Mails zurecht, die sie extra ausgedruckt hat, um sie bei der Hand zu haben. Alles Wichtige ist mit Leuchtfarbe markiert.

Henriette sitzt schon sehr lang vor ihrem Laptop und wartet auf Martin, aber es sind immer noch 50 Minuten. Sie rückt den Laptop zurecht, sie steht wieder auf und kontrolliert im Spiegel, ob eh alles zusammenpasst: ihr Gesicht, die Farbe und der Ausschnitt vom T-Shirt, aus dem ihr Hals wie immer viel zu breit herauswächst, die Ohrringe, die sie sorgfältig ausgewählt hat – das Sortiment hat sie noch von damals, als sie noch U-80 war. Sie wird sich neue kaufen, modernere. Sie richtet den Rücken gerade und lässt die Schultern fallen und findet, dass ihr das mindestens 3 Kilo wegretouchiert. Henriette nimmt sich vor, während des ganzen Meetings aufrecht zu sitzen und die Schultern nicht hochzuziehen. Angesichts dieses Aufwands muss sie sich eingestehen, dass sie sich verdammt noch einmal an diesen Martin gewöhnt hat. Zumindest gewöhnt hat, auch wenn sie das miese Spiel der Firma von Anfang an durchschaut hat. Dass ihr die Herrschaften nämlich nicht mehr vertrauen. Dass sie ihr einen Aufpasser an die Seite gestellt haben, weil sie einfach zu dick geworden ist.

Henriette hat so schwer an sich zu tragen, dass sie nicht auch noch Verantwortung tragen kann. Verantwortung für ein Herzstück der Firma. Herzstück! Das war ja die Höhe. Nicht einmal ein eigenes Zimmer hatte man ihr zugestanden. Mit irgendwelchen Assistentinnen musste sie es teilen, geschwätzigen kleinen Instagrammädchen, die nichts als ihre Follower im Kopf hatten. Und natürlich ihre Fotos. Henriette war froh, als Corona und damit das Homeoffice kam. Jetzt muss sie sich aber beeilen.

Sie schafft es gerade noch rechtzeitig auf den Sessel, kleine Ziele, kleine Erfolge. Keinesfalls hätte sie gewollt, dass Martin sieht, wie sie sich direkt vor seinen Augen niedersetzt, sich vorher unmittelbar vor dem Auge des Laptops ausbreitend, den Bildschirm flutend. Sie hat es geschafft, sie sitzt bereits, als Martin auf dem Bildschirm erscheint, ist aber außer Atem. Alles okay?, fragt er. Klar, sagt Henriette. Alles bestens.

HENRIETTE IST VOM FACH

Am Abend, als sie im Bett liegt und wieder einmal nicht einschlafen kann, denkt Henriette an den Bodybuilder und an die Gefahr, in der sie damals geschwebt ist mit einem wildfremden Mann in ihrer Wohnung, in ihrem Bett, in ihrem Unterleib. Lieber in Gefahr als gar nicht schweben, denkt sie und schließt die Augen. Als ob sie in einen Zauberspruch geraten wäre, schwebt sie kurze Zeit später auch wirklich mindestens 80 Zentimeter über dem Bett. Oder ist es ein Operationstisch? Kann es sein, dass sie gar nicht schwebt, sondern dass sie genau in diesem Moment stirbt? Tatsächlich kann Henriette auf sich hinunterschauen, wie sie da auf dem Bett liegt. Ziemlich erbärmlich, denkt sie. Hat der junge Kerl sie also doch umgebracht?

Sie tippt auf erwürgen, weil sie schon die längste Zeit ein Brennen am Hals und in den Augen spürt. Oder hat er sie erstickt? Sie möchte sich an die Gurgel greifen, aber sie schafft es nicht, ihre Arme nahe genug an sich heranzuziehen. Kann jemand, der küsst wie der Bodybuilder, ein Frauenmörder sein? Sie versucht, sich an seine Hände zu erinnern. Waren sie groß? Klein? Haben sie Henriette überhaupt berührt? Und warum machen sich irgendwelche Leute da unten an ihrem zurückgelassenen Körper zu schaffen? Henriette will den Herrschaften mit ihrem Buchhalterinnenlineal auf die Finger klopfen, aber sie schwebt zu weit oben, ihre Arme reichen nicht bis zum Tisch hinunter, nicht einmal inklusive Lineal. Wie zwei Wülste mit einer Einschnürung, wo der Ellbogen sein müsste, und einer zweiten, wo sie das Handgelenk vermutet, schlenkern

Henriettes Arme unter Henriette herum. Sie werden von Minute zu Minute dicker.

Man hätte sie warnen müssen, immerhin ist ihr doch jemand als Aufpasser an die Seite gestellt worden. Man hätte das mit der Schweberei umgehend abstellen müssen, man hätte sie an den Beinen packen, herunterziehen und ihre 190 Kilo auf dem Boden unten halten müssen. Immerhin tut sie die ganze Zeit so, was schließlich auch kein Zuckerschlecken ist, als ob sie die Scharade der verdammten Firma nicht durchschauen würde. Ersatzmann! Wie könnte einer den anderen ersetzen? Wie könnte ein Mann eine Frau ersetzen? Nicht einmal eine wie Henriette. Schon gar keine wie Henriette, denkt sie in einer plötzlichen Aufwallung von Wut. Wo ist er überhaupt? Henriette schaut auf die Wand neben ihrem Kopfkissen. Sie ist leer. Henriette erschrickt heftig, aber wie immer lautlos. Die Mutter soll sie nicht hören: Die Wand neben ihrem Kopfkissen ist leer, die Wand neben ihrem Kopfkissen ist immer schon leer gewesen. Wie ein langsam verstummender Paukenschlag vibriert dieser Satz in jedem von Henriettes 190 Kilos, bis sie aufwacht: Immer schon leer gewesen.

Als sie aufwacht, denkt sie an die ganzen Idioten, mit denen sie nach Hause gegangen ist. Der eine, der ganz sicher kein Aids, dafür aber eine Latexallergie gehabt hat. Oder der andere, der ihr einfach noch einmal schnell unters Kleid gegriffen hat, als sie sich zum Stiefel-Zuschnüren gebückt hat. Trotzdem hat sie sich zu ihm aufs Motorrad gesetzt und sich während der ganzen Fahrt fest an seinen Rücken gedrückt. Und geweint hat sie, als er Schluss gemacht hat. Ins Bett ist sie auch mit dem gegangen, der ihr den Schädel ganz schwindlig gemacht hat und den Rest auch. Aber ein Kind hat er ihr nicht machen wollen. So blöd war er nicht. Da hätte er ja bei ihr bleiben müssen. Womöglich. Ein anderes Mal ist Henriette mitten in der Nacht im Park auf und ab gegangen, weil sie sich dort mit einem aus dem Internet verabredet hat. Wenig später ist sie leer gevögelt und ganz allein auf einer Bank gesessen und hat sich die Augen aus dem U-80-Leib geheult.

Ganz allein war Henriette auch später, als sie den Schlussstrich gezogen hat: eine klare, eine schöne, eine mit dem Lineal gezogene Buchhalterinnenlinie unter eine sehr lange Addition, schließlich ist sie vom Fach. Schluss mit lustig, hat sie gesagt. Und nein, sie braucht keinen Aufpasser. Schon gar keinen mit grünen Augen.

HENRIETTES MUTTER HOLT EINEN MÜLLSACK

Es müsste doch nur im Rahmen bleiben, sagt Henriettes Mutter. Henriette könnte sich doch ohnehin kaufen, was sie wolle, und auch essen, was sie wolle, aber immer diese Unmengen. Kind, sagt sie, das geht doch nicht. Henriette muss ihr zustimmen. Wo ihre Mutter recht hat, hat sie recht. Man muss sich nicht alle Schränke vollstopfen mit Nudeln, Haferflocken, Zuckerpackungen, Thunfischdosen, Bohnen-, Ravioli-, Gulasch- und Serbische-Bohnensuppe-Dosen, schon gar nicht, wenn man eh selbst schon so vollgestopft ist, denkt Henriette. Voll bis obenhin, denkt Henriette, der die Softkekse, aufgestapelt in der Speiseröhre, noch im Hals stecken. Bis obenhin ist Henriette vollgestopft mit dem Fresszeug und dem Gerede der Mutter. Erst das Fresszeug. Dann das Gerede der Mutter und nichts bleibt im Rahmen. Was für ein Rahmen?

Die Mutter schickt sich an, auch die anderen Schränke zu kontrollieren. Wie Henriette sich diese Einkaufsorgien überhaupt leisten kann, das ist ihr sowieso ein Rätsel. Henriette wird doch hoffentlich nicht auch noch Schulden machen. Denn da kann ihr die Mutter bei aller Liebe dann nicht mehr helfen. Henriette verschwindet aufs Klo. Sie drückt auf die Spülung, damit das Gerede der Mutter im Wasserrauschen untergeht. Henriette steckt sich den Finger in den Mund, bis es sie würgt, aber es kommt nichts heraus. Henriette schafft es nicht, jedes einzelne Wort von Henriettes Mutter bleibt in Henriette stecken.

Es müsste doch nur im Rahmen bleiben, hört Henriette ihre Mutter wieder und wieder sagen, auch wenn sie auf dem Klo sitzt und abwartet, bis die Mutter endlich verschwindet, und weil sie seit ungefähr 150 Kilo vieles auch von innen aus sehen kann, sieht sie auch ihr besorgtes Gesicht. Die hochgezogenen Augenbrauen, die aufgerissenen Augen, den Mund, der zusammengepresst ist, als ob er zum Schweigen verdammt wäre, während er ohne Unterlass redet, das traurige Nicken des Kopfes, das, einmal begonnen, ohne ein Anhalten fortgeführt wird. Ein jahrelang eingeübtes Schauspiel. Es müsste doch nur im Rahmen bleiben mit der Esserei, wiederholt Henriettes Mutter bekümmert. Aber der Mann ihrer erst vor Kurzem verstorbenen Jugendfreundin wird sie ohnehin gleich in den Arm nehmen, denkt Henriette. Die Mutter wird sich ihm an die Brust werfen, damit er sie aus den Bergen von Fressvorräten – den halben Supermarkt hat das Kind in ihren Schränken! – errettet. Damit sie ihm an den Leib rücken, damit sie sich an ihm festkrallen kann in ihrem Kummer, damit sich ihr Kummer mit dem seinen vermischen kann. Sie wird ihm an die Wäsche gehen und das mit über 70. Wie gruselig, denkt Henriette, und dann heißt es zwei gegen eine.

Die Margerite in Henriettes Herz beugt ihren Blütenkopf. Kraftlos, lautlos. Als ob es kein Morgen gäbe. Die Staubgefäße gehen auf und gelber Blütenstaub legt sich an die Wände von Henriettes Herzkammern. Die Mutter holt währenddessen einen großen schwarzen Müllsack aus ihrer Wohnung.

Wie schnell sie noch ist, denkt Henriette, die jetzt auf der Bettkante sitzt und eigentlich aufstehen sollte. Immer wieder holt sie Luft, damit sie in Schwung kommt, damit sie aufstehen kann. Der Hals brennt und der Magen fühlt sich an, als ob er sich gleich an mehreren Stellen verknotet hätte. Schon dreht sich der Schlüssel im Schloss, die Mutter ist wirklich schnell. Es ist ihr wichtig, dass Henriettes Vorräte im Rahmen bleiben. Du bist doch mein Kind, sagt sie, und dann kommt alles, was aus dem Rahmen fällt, in den Müllsack.

HENRIETTE SPIELT KLAVIER

Pünktlich wie immer, aber sonst ganz anders, erscheint Martin auf dem Bildschirm. Er sitzt zurückgelehnt in seinem Sessel, Henriette kann nicht nur seine Schultern, sondern auch die Brust, den Bauch, ja sogar die Taille – ein brauner Ledergürtel teilt seinen Ober- vom Unterleib – und seine Oberschenkel sehen. Seine To-do-Liste liegt an der Seite, Henriette glaubt zu erkennen, dass sie leer ist. Komplett leer. Martin rührt sich nicht, er scheint nicht nur das Auflisten der zu klärenden Fragen vergessen zu haben, er scheint auch vergessen zu haben, dass er Henriette freigeschaltet hat. Den Kopf in die Hand gestützt grübelt er über irgendetwas.

Hallo? Martin?, fragt Henriette in den Bildschirm hinein.

Den Jungen schieben sie alles in den Arsch und ich muss wegen jedem Dreck betteln, sagt Martin, ohne den Kopf zu heben.

Henriette rutscht ein *Arsch sagt man nicht* heraus.

Martin hebt den Kopf. Aja?

Alles okay?

Ja, alles bestens. Gibt's was von deiner Seite?

Nein, eigentlich nicht.

Passt. Dann bis zum nächsten Mal. Und weg ist er. Der Bildschirm ist wie tot, die Wohnung wie leer gefegt. Henriette muss aufstehen. Sie geht ans Fenster, auch unten auf der Gasse ist alles leer. Nur auf dem Spielplatz ist jemand. Es ist eines der Kinder aus der unteren Wohnung, es hat einen Gipsarm. Wenn Henriette genau schaut, sieht sie, dass der Gipsarm bunt verziert ist.

Henriette setzt sich ans Klavier und öffnet den Deckel. Sie starrt eine Zeit lang auf die Tasten, klimpert schließlich ein wenig herum, und aus dem Geklimper wird, ohne dass Henriette etwas dazu tut, Schubert, Winterreise. Tatsächlich geht das wie von selbst, nur gegen Ende verhaspelt sie sich. Ihre Finger erinnern sich nicht genau genug. Sie fängt noch einmal an und noch einmal. Sie steht auf, um nach den Noten zu suchen, aber ihr fällt ein, dass sie schon vor vielen Jahren alle Notenhefte weggeworfen hat. Henriette findet, dass das sowieso besser ist, weil ihr schon von den paar Minuten sitzen auf dem unbequemen Hocker das Kreuz verdammt wehtut. Eigentlich wollte sie damals auch das Klavier loswerden, weil es ohnehin nur sinnlos herumstand und Henriette an seiner Stelle lieber einen Schrank stehen haben wollte. Henriette kann nicht sagen, warum sie das Klavier immer noch hat.

HENRIETTE IST ZUM PUTZEN ZU DICK

Henriettes Mutter sagt, dass sie es nicht mehr schafft, Henriette muss jemanden suchen, der ihr die Wohnung putzt. Henriettes Mutter ist über 70 und hat genug mit ihrer eigenen Wohnung zu tun. Sie will die paar Jahre, die ihr noch bleiben, für sich haben. Ohne Henriettes Wohnung, ohne Henriettes Essen, ohne Henriettes Gesundheit, ohne Henriettes Zukunft. Wenigstens ein paar Jahre noch für mich, hat sie zu ihrer neuen besten Freundin gesagt. Das ist doch mein Recht. Auch als Mutter. Wenn sie stirbt, ist es nämlich vorbei. Alles ist dann vorbei. Das ganze Leben. Henriette, die ja nur ihre Mutter von innen aus sehen kann, sonst niemanden, überlegt, ob sich die neue beste Freundin gewundert hat. Weil es doch keine große Erkenntnis ist, dass das Leben vorbei ist, wenn man tot unter der Erde liegt. Oder verbrannt in einer Urne, wie Henriette das einmal haben will. Sie will keinen Sarg in Übergröße und sie will nicht, dass sich die Sargträger an ihren 190 Kilo einen Bruch heben. Ob die neue beste Freundin weiß, dass Henriettes Mutter und der Mann von der gerade erst gestorbenen besten Freundin miteinander herummachen? Wie du immer redest, sagt die Mutter. Herummachen. Kennst du keine richtigen Wörter? Henriettes Mutter kennt die richtigen Wörter. Sie hat eine Affäre und Henriette soll sich nicht so anstellen. Sie soll sich lieber jemanden suchen, der ihr ihren Saustall in Ordnung bringt. Ob sie keine Augen im Kopf hat, ob sie nicht sieht, wie es in der Wohnung ausschaut. Und der Geruch erst.

Henriette kann keinen Besen und keinen Staubsauger länger

als ein paar Minuten in der Hand halten. Das Kreuz macht nicht mit. Sie kann auch nicht mehr als ein paar Minuten vor dem Abwaschbecken stehen und Geschirr abwaschen. Den Geschirrspüler kann sie noch einräumen, wenn sie sich sehr anstrengt. Stück für Stück und nach jedem Stück eine Pause. Henriette muss ausatmen, bevor sie sich bückt. Sie kann erst wieder einatmen, wenn sie wieder steht. Kloputzen geht seit 150 nicht mehr. Dusche – Henriette ist froh, dass sie sich noch durch den längst zu schmalen Einstieg quetschen kann. Es ist nur eine Frage der Zeit, bis die Schiebetüren herausbrechen. Putzen? Nicht einmal dran denken. Sockenanziehen geht seit 160 gar nicht mehr. Schuhe trägt sie seit derselben Zeit keine mehr. Sie hat nur noch Pantoffeln. Im Winter solche, die mit Kunstfell gefüttert sind. Wäschewaschen geht noch, hofft sie.

Henriette muss die Mutter verstehen, sie hat es nicht leicht. Von Anfang an hat sie es nicht leicht gehabt und dann ist auch noch Henriette gekommen. Henriette rührt sich nicht. Ihr Gesicht bleibt ausdruckslos, sie versteht ihre Mutter. Sie versteht ihre Mutter sogar von A bis Z. Von Anziehen bis Zudecken. Ihre Mutter hat sich wirklich etwas Besseres verdient als Henriette und muss ihr jetzt wirklich nicht auch noch den Dreck wegputzen. Sie zieht ein frisches T-Shirt an und steckt ihre Füße in die Crocs. Sie wird zu den jungen Leuten unter ihr gehen und fragen, ob sie jemanden wissen, der ihr die Wohnung in Ordnung halten kann. Henriette hätte bereits die junge Frau selbst im Sinn, die zwar auch schon einen ziemlichen Bauchumfang hat, aber der wird vergehen. Und wenn sie dann 4 Kinder haben, können sie ein wenig Geld zusätzlich sicher brauchen. 13, 14 Euro die Stunde, das müsste hinkommen. 3 Stunden die Woche, ca. 160 Euro im Monat. Das geht. Eine Bestellung weniger im Monat, das wird Henriette schaffen. 160 Euro für eine Bestellung? Aber sonst geht es dir noch gut! Wie kann man derart viel Geld verfressen, denkt die Mutter, sagt es aber nicht, weil man fressen nicht sagt, wenn es ums eigene Kind geht. In Grund und Boden würde sie sich schämen, wenn sie ihr ganzes Geld verfressen würde. Aber irgendwo muss das ganze Gewicht ja herkommen, denkt die Mutter und schaut Henriette prüfend an. Hat das Kind womöglich zugenommen? Um Himmels willen, das Kind hat schon wieder zugenommen. Henriette kriegt ein rotes Gesicht. Henriette denkt Das geht dich einen Scheißdreck an und hat ein schlechtes Gewissen, weil sie wirklich zugenommen hat.

HENRIETTE IN CRIME

Wenn sonst nichts geht, Fernsehen geht immer, Henriette drückt auf die Fernbedienung. Sie sucht sich durch alle Programme, sie checkt alle Netflixserien. Nirgends bleibt sie hängen. Sie schiebt sich ein Kissen unter die Beine, damit sie wenigstens bequem liegt. Vielleicht hat sie Glück. Vielleicht wird sie vor lauter Langeweile einschlafen, während irgendeine Einrichtungsshow läuft. Oben bei ihrer Mutter ist alles ruhig. Totenstill, denkt Henriette. Die Mutter ist in Mallorca mit ihrer neuen besten Freundin. Oder mit ihrer Affäre. Henriettes Mutter ist Henriette keine Rechenschaft schuldig. Henriette greift zum Handy. Keine Nachricht.

In der Wohnung unter Henriette geht es hingegen hoch her wie an jedem Sonntag, wenn die Kinder den ganzen Tag zu Hause sind. Damit sie sich den Arm brechen, denkt Henriette und schaltet um, weil Werbung ist und sie keine schmelzenden Schokoladen, keine knusprig splitternden Kekse, keine langsam vom Löffel tropfenden Milchcremen sehen will. Der Krach in der Wohnung unter ihr geht weiter, weil immer noch Sonntag ist und immer noch alle Kinder zu Hause sind. Auf dem Sender, den Henriette gewählt hat, läuft irgendeine True-Crime-Serie. Damit sie sich den Arm brechen lassen, denkt Henriette, weil dem Vater der Krawall zu viel geworden ist. Der dann das vor Schmerz brüllende Kind am Arm packt und ins Kinderzimmer sperrt und der Mutter schnell noch eines macht, damit er nicht verlernt, wie es geht. Und sie auch nicht.

Der Lärm unten hört auf. Henriette stellt den Fernseher erst leiser, dann ganz aus. Sie hört nichts. Gar nichts. Sie zieht das Kissen unter ihren Beinen hervor, nimmt Schwung und schafft es beim ersten Mal bis auf die Bettkante. Sie atmet durch und steht mit einem Ruck auf. Wenn es sein muss, geht es ja doch noch, denkt Henriette und kommt sich gleich 50 Kilo leichter vor. Auch die Schritte gehen ihr leichter von den Beinen, schon steht sie an der Wohnungstür und öffnet sie einen Spalt. Doch, nun kann sie etwas hören. Ein Trippeln, ab und zu ein kurzes Kichern, oder ist es ein Schmatzen? Henriette hört, wie sich die Lifttür schließt, dann surrt der Lift nach unten. Die anderen Geräusche kommen von denen, die nicht mit dem Lift fahren wollten und jetzt zu Fuß die eine Treppe hinuntergehen. Henriette ist kurz davor, die ganze Familie von innen zu sehen, vielleicht noch 10 Kilo oder 15 mehr, dann wird das klappen. Dann wird sie überhaupt alle Menschen auch von innen sehen können. Noch muss sie aber in die Küche gehen, damit sie verfolgen kann, wie ein Kind nach dem anderen und am Ende auch die Eltern auf die Straße kommen. Die Mutter schaukelt mit ihrer Schwangerschaftskugel den Gehsteig entlang wie ein Hochseedampfer bei Sturm. Die Kinder haben jedes ein Eis in der Hand oder einen Lolli, so genau kann Henriette das nicht erkennen. Der Vater trägt ein Netz mit einem Fußball und eine große Tasche, aus der Schläger herausragen. Einen hat er in der Hand und fuchtelt damit in der Luft herum, es könnte ein Federballschläger sein. Gut, dass alle noch am Leben sind, denkt Henriette. Auch das Kind mit dem Gipsarm hat der Vater leben lassen, obwohl es sicher das lauteste und lästigste ist.

Als die 5 aus Henriettes Sichtfeld verschwunden sind – das Kind mit dem Gipsarm springt die ganze Zeit hin und her und wird sich in Kürze sicher auch noch ein Bein brechen –, muss sich Henriette erst einmal niedersetzen. Sie ist erschöpft. Eine kleine Drehung und dann nach hinten greifen, dann ist sie am Kühlschrank. Dort hat sie noch einen Pudding stehen.

Vanillepudding mit Himbeersauce. Großpackung. Und dahinter dasselbe in Schokolade. Im Käsefach liegen Kindermilchschnitten. Außerdem hat sie herausgefunden, wo man sich auch am Sonntag Lebensmittel liefern lassen kann. Und wenn gar nichts geht, dann bestellt sie sich eine Pizza. Oder zwei. Mit Nachspeise. Tiramisu oder Eis. Oder beides. Der vom Lieferdienst weiß ja nicht, dass sie allein ist, sie könnte schließlich auch einen Mann haben. Oder eine Alleinerzieherin mit einem Kind sein. Sie kann sich auch Cola dazu bestellen, wenn der Mann oder das Kind schon wieder den ganzen Vorrat ausgetrunken haben. Henriette wird nicht böse sein. Sie wird sagen, dass das doch nicht schlimm ist. Sie wird zum Handy greifen und einfach neues Cola bestellen und zur Feier des Tages auch gleich Pizza. Für jeden genau die, die er mag, und dann noch Tiramisu oder Eis. Oder beides.

WIE EIN WINDSPIEL IST HENRIETTE

Kaffee ohne Milch schmeckt Henriette einfach nicht und Tee in der Früh mag sie noch weniger, also nur Wasser und nüchtern bis 9.30 warten. Am liebsten würde Henriette erst um 9 Uhr aufstehen, aber da käme sie mit den Vorbereitungen nicht zurecht. Noch lieber wäre ihr sowieso, wenn die Blutabnahme direkt am Bett stattfinden würde. Gleich hier, gleich jetzt, denkt sie. Und dann wieder raus mit dem Bürschchen, denkt Henriette, denn der neue Arzt ist ein junger Kerl. Ein ganz junger, der noch nicht einmal richtige Schultern hat.

Das hat Henriette auf den ersten Blick gesehen. Sie vermutet, dass unter dem weißen Kittel überhaupt nur sehr wenig los ist. Er ist ein ganz schmaler Kerl mit unruhigen Augen. Er hat Angst, dass ihm Henriettes 190 Kilo in die Arme fallen, wenn ihr schwindlig wird. Oder dass sie mit dem Schwung übertreibt, wenn sie nach der Untersuchung auf der Liege wieder in die Höhe kommen muss, und dass sie ihn dann mit sich auf den Boden hinunterreißt.

Keine Angst, Schatzi, denkt Henriette, ich hab das im Griff. Aber das sagt sie nicht. Zu einem Arzt sagt man nicht Schatzi. Man redet überhaupt nicht blöd daher, wenn man 190 Kilo Schwungmasse hat, sagt Henriettes Mutter, die genug davon hat, sich für Henriette genieren zu müssen. Auch Mutterliebe hat ihre Grenzen. Aber immerhin hat sie das Kind dazu gebracht, endlich wieder einmal zum Arzt zu gehen. Ihre neue beste Freundin findet, dass Henriettes Mutter eine Engelsgeduld hat und dass sie gern so eine Mutter gehabt hätte, wie

Henriettes Mutter eine ist. Da wäre ihr Leben ganz anders verlaufen.

Unterwegs gibt es nichts zum Sitzen, keinen Mauervorsprung, der breit genug wäre, und auch keine Sitzbank, also keine Rast, und dann ist die Praxis auch noch im zweiten Stock, kein Lift. Als Henriette vor der Tür steht, ist sie außer Atem und schweißnass. Sie wischt sich über die Stirn. Sie atmet schwer und hasst den Arzt und seine Praxis im zweiten Stock ohne Lift. Sie tritt zur Seite, um die Nachkommenden vorzulassen. Henriette wird erst durch die Tür gehen, wenn sie wieder Luft bekommt. Nur wenn ihre Füße und das Kreuz gar nicht mehr mitmachen, wird Henriette die Tür öffnen und die Praxis betreten müssen, bevor sie sich wieder im Normalzustand befindet. Jeder wird sie dann sehen und auch hören können. Nach einem schnellen Blick werden die Leute im Wartezimmer ihre Augen rasch und seltsam starr auf ihr Handy oder direkt in den Boden richten, damit Henriette sich einen anderen Platz als den neben ihnen sucht.

Junger Arzt, junge Einrichtung. Henriette ist überrascht, als sie ins Wartezimmer kommt. Seit dem letzten Mal hat sich hier alles verändert. Statt der früheren 08/15-Sessel, die meisten mit Armlehne, stehen nun große, mit buntem Leder überzogene Kuben an der Wand und im Raum verteilt. Gar keine Lehnen, auch keine für den Rücken, weiches Leder, aber stabile Sitzfläche. Kein Knarren, wenn Henriette sich niedersetzt, und das Aufstehen wird auch gut gehen, und dann findet sie auch noch einen gänzlich frei stehenden Kubus in einer Ecke des Raumes. Sie schaut fragend in die Runde, niemand reagiert, sie setzt sich.

Heute scheint ein Glückstag zu sein. Vielleicht hat sie den jungen Herrn Doktor überhaupt falsch in Erinnerung. Wer weiß, vielleicht hat sie letztes Mal einfach nur sehr schlechte

Laune gehabt. Es kann leicht sein, dass der junge Arzt sehr in Ordnung ist. Dass Henriette das nur nicht bemerkt hat, weil er beim letzten Mal so vorsichtig mit ihr gewesen ist. Vielleicht wollte er ihr nur nicht zu nahe treten, vielleicht wollte er ihr nur nicht wehtun und war deshalb so zögerlich?

Der Wind hat sich gedreht, das Pendel schlägt in die andere Richtung, nach der Ebbe kommt die Flut. Oder umgekehrt, Hauptsache, alles wird gut oder wenigstens besser. So schwer Henriette außen ist, so leicht ist sie inwendig. Wie ein Windspiel ist Henriette, ein Lufthauch, und alles bewegt sich in ihr.

HENRIETTE HAT EINE NEUE FRISUR

5 Kilo auf einen Schlag, Henriette kann sich das nicht erklären und Martin wird ihr das auch nicht erklären können. Wie auch. Sie wird es ihm auch nicht erzählen. Warum auch. Was sollte er auch dazu sagen. Die Mutter hat es bereits gesehen und die Waage hat es bestätigt. Unwiderruflich, Henriette fällt keine einzige Rechenoperation mehr ein, mit der sie diese 5 Kilo wegrechnen könnte. Wenigstens kein Diabetes, denkt sie, und sehen wird Martin die paar Kilo nicht. 5 Kilo, das ist zu wenig für ihn, schließlich hat nicht einmal Henriette selbst bemerkt, wie sie aufgepoppt sind, lautlos, wie jedes einzelne Kilo vor ihnen. Jetzt hängen sie an Henriette wie Kletten. Aber wenigstens sitzen sie irgendwo unterhalb des Bildschirms, denkt sie, irgendwo um ihre Hüften. Erst später werden sie sich einen fixen Platz auf Henriette suchen. Da hat sich Henriette dann aber schon an sie gewöhnt. Da gehören sie schon zu Henriette wie die 190 Kilo vor ihnen. 195, denkt Henriette, von 0 auf 5. Was für ein Tempo.

Martin. Martin hat sich mehrmals an die Schulter gegriffen. Ob er Schmerzen hat? Und was hat ihn so aus der Fassung gebracht, dass er gar nichts mit ihr zu besprechen hatte?

Henriette probiert das dritte T-Shirt und entscheidet sich für das erste. Schon wieder. Martin wird denken, dass Henriette nur ein T-Shirt hat. Martin wird nichts denken, weil Martin Henriettes T-Shirt gar nicht sieht. Weil Martin auch nicht sieht, dass Henriette jedes Mal andere Ohrringe trägt. Er sieht auch nicht, dass Henriette seit dem vorletzten Mal die Haare anders gekämmt hat. Mit Seitenscheitel. Er hat seinen Kopf immer wo anders. Er hat seinen Kopf nie dort, wo Henriette ist. Henriette wüsste gern, wo Martin seinen Kopf hat, denn da wäre sie gern. Henriette denkt an Martin, um nicht an Henriette denken zu müssen, und kommt doch immer wieder bei Henriette an: Nur Henriette sieht Henriette.

Er hat seine Liste direkt vor sich liegen, sie ist von oben bis unten vollgeschrieben. Es ist eine komplizierte Sache, die sich da aufgetan hat. Sie werden viel Arbeit damit haben, langweilige Arbeit, die sie, wenn sie sich ehrlich sind, schon seit Wochen aufschieben. Martin nimmt seine Liste in die Hand, legt sie wieder zurück, schiebt sie ein Stück zur Seite: Und wie geht's so?

Danke, ganz okay. Gibt's was Neues?

Nein, eigentlich nicht. Neue Frisur?

Nein, eigentlich nicht.

SONJA

Es klingelt an der Tür, aber heute ist Henriette besser vorbereitet als am Tag davor, wo sie sich totgestellt hat, wo sie einfach reglos im Bett liegen geblieben ist, bis das Läuten aufgehört hat. Die Zeit war zu kurz, sie hätte sich schnell irgendetwas überwerfen müssen, eine lange Jacke, ein leichtes Kleid, einen Morgenmantel, und nichts davon gibt es in ihrem Kleiderschrank, und dann hätte sie es auch noch rechtzeitig bis zur Tür schaffen müssen.

Niemand läutet und wartet dann eine halbe Stunde, bis endlich jemand öffnet. So ist Henriette liegen geblieben, wie erstarrt und mit klopfendem Herz in Richtung Tür horchend. 3 Mal wurde geläutet, aber anders als die Leute von den Lieferdiensten anhaltend, mit Ausdauer. Henriette kann sich nicht erinnern, wann zum letzten Mal jemand an ihrer Tür geläutet hat, der nicht von einem Lieferdienst geschickt worden ist.

Heute sitzt Henriette angezogen in der Küche und wartet auf die junge Frau von der unteren Wohnung. Sie wird es gewesen sein, sie wird wegen dem Putzen gekommen sein, ihr Mann wird es ihr ausgerichtet haben. Du, wird er zu ihr gesagt haben, als sie von der Untersuchung zurückgekommen ist und eh alles in Ordnung war mit dem Kind in ihrem Bauch. Stell dir vor, wird der Mann gesagt haben, die von oben hat gefragt, ob du bei ihr putzen willst. Die junge Frau wird sich erst einmal niedergesetzt haben, weil ihre Beine von der Schwangerschaft so angeschwollen sind, dass sie wie Gewichte an ihr hängen. Sie wird nach einer Wasserflasche gegriffen und ihren Mann gebeten haben, ihr ein Glas aus dem Küchenkasten zu holen. Er wird ihr eingegossen haben und sie wird einen großen Schluck genommen und an die Frau von oberhalb gedacht haben. Ob sie sich das wirklich antun soll. Es läutet und als Henriette die Tür öffnet, steht tatsächlich die junge Frau von unten vor ihr und streckt ihr die Hand entgegen: Sonja.

Henriette muss erst einmal einen Sessel leer räumen, damit sich die Frau von unten niedersetzen kann. Auch im Sitzen ist der riesige Bauch das Auffälligste an ihr, Henriette würde sie am liebsten fragen, ob sie nicht Angst hat, dass ihr die Haut reißt. Angespannt wie sie sein muss. Wie ein Luftballon. Henriette weiß, dass man so etwas nicht fragt. Henriette befürchtet, dass man so etwas nicht einmal denkt, weil im Bauch der jungen Frau ja nicht Luft, sondern ein kleiner Mensch ist, und da denkt man nicht an spitze Finger oder gar spitze Nadeln und an laut platzende Luftballons. Das ist aber nett, dass Sie gekommen sind, sagt Henriette. Cola? Tonic? Leitungswasser hat sie natürlich auch. Klar, wegen der Schwangerschaft. Ja, da muss man schon ein wenig aufpassen. Ich bin übrigens Henriette.

Wir können Du sagen. Ja, ich mach gern das Fenster auf. Klar, die Schwangerschaft. Und das hier wäre zu tun. Henriette zeichnet einen großen Bogen in die Luft. Die junge Frau nickt und schaut sich um, Henriette folgt ihren Blicken. Das Abwaschbecken ist voller Geschirr, auch auf der Ablage daneben stapeln sich Tassen, Häferl, Schüsseln, Teller und Töpfe, halb voll mit Wasser, damit sich das Angebrannte löst. Der Herd und die Fliesen dahinter sind übersät mit Fettspritzern und anderen Flecken. So viel Dreck! Henriette hätte gar nicht gedacht, dass sie so viel kocht. Das Glasfenster des Backrohrs ist gar nicht als Glasfenster zu erkennen, so dicht ist es verklebt. Henriette sieht auch, dass in der Ecke neben dem Fenster

3 große schwarze Müllsäcke stehen, auf denen Pizzakartons liegen.

Einmal anstoßen und sie fallen auf den Boden. Henriette würde sich nach jedem einzelnen von ihnen bücken müssen, sonst stolpert sie, wenn sie das nächste Mal in die Küche kommt und vergesslich, wie sie ist, auch vergessen hat, dass auf dem Boden Pizzakartons liegen. Wenn Henriette stolpert, wird sie auf den Boden fallen wie einer dieser schwarzen Müllsäcke, nur dass Henriette Knochen hat, die brechen, wenn 190 Kilo über sie kommen wie das Jüngste Gericht. Hüfte, Oberschenkel, Unterschenkel, Schulter, Schlüsselbein, Oberarm, Unterarm. Auch Gelenke können brechen und die Knie werden ganz kaputtgehen. Schön ist das alles nicht, denkt Henriette und beginnt die Werbezuschriften und Gratiszeitungen, die vor ihr auf dem Tisch liegen, auf einen Stapel zu legen. Ich bin halt viel allein, sagt sie zu Sonja und ihre Stimme klingt kleinlaut. Wie eine Entschuldigung.

HENRIETTE WILL SICH KONZENTRIEREN

Sonja ist mitten in einem Satz plötzlich aufgestanden. Sie hat sich nach einem neuen Putzschwamm gebückt und gleich auch das Geschirrspülmittel aus dem Unterschrank hervorgeholt. Ist das eh okay?

Henriette schaut immer wieder zum Abwaschbecken. Es ist leer. Es glänzt. Auch die Ablage daneben ist leer und blank geputzt.

Ja, es war eh okay für Henriette. Sie hat das Kratzen des Putzschwammes auf dem verkrusteten Geschirr und das Fließen des Wassers gehört und das Quietschen, als Sonja die Klappe des Geschirrspülers geöffnet hat. Damit es auch wirklich richtig sauber wird, das macht sie bei sich unten auch immer so. Henriette hat genickt, ja, das macht sie bei sich unten auch immer so. Henriette kann Sonja jetzt sogar sehen, wie sie an ihrem Abwaschbecken steht und Wasser über das Geschirr laufen lässt, bevor sie es in den Geschirrspüler steckt. An ihren Beinen turnt der Kleine mit dem Gips herum, fast wäre sie ihm auf die Finger gestiegen. Er springt auf und holt sich einen Sessel. Er wird auf den Sessel klettern und seine Hände in den Wasserstrahl halten. Die beiden anderen Kinder sitzen am Küchentisch und basteln irgendwelche Tiere aus Plastilin. Saurier oder Elefanten. Da siehst du einmal, sagt Henriettes Mutter. So geht das, aber Henriette hört ihr nicht zu. Sonja hat angekündigt, in den nächsten Tagen noch einmal zu kommen. Wenn es sich vorher noch ausgeht. Sie hat auf ihren Bauch gezeigt.

Henriette hat auf Sonja und nicht auf ihre Mutter gehört, weil sie kein Wort von Sonja überhören will. Henriette will richtig zuhören. Henriette will richtig antworten. Henriette will überhaupt alles richtig machen mit Sonja, die in den nächsten Tagen noch einmal zu Henriette heraufkommen wird.

Wenn die Kinder in der Schule sind. Und der Kleine im Kindergarten. Ist das der mit dem Gips?
Ja, unser Jakob ist direkt abonniert auf Unfälle. Sonja lacht.
Und da, Bub oder Mädchen? Henriette deutet auf Sonjas Bauch.
Mädchen. Ist eh bald so weit.
Freust du dich schon?
Na klar! Und wenn ich alles wieder am Laufen habe, komme ich regelmäßig. Gut so?
Ja, gut so.

Henriette sitzt angezogen in der Küche, weil heute Martintag ist. Gestern hat sie noch bis weit in die Nacht arbeiten müssen, um alles fertig zu bekommen, das sie fürs Meeting braucht. Die wichtigsten Dokumente hat sie sich als Gedächtnisstütze ausgedruckt, sie hat Angst, unausgeschlafen, wie sie ist, nicht konzentriert genug zu sein. Außerdem hat der Besuch von Sonja Henriette nicht nur viel Zeit gekostet, sondern auch fast alle von Henriettes Nerven besetzt. Nerven, denkt Henriette, die mir jetzt zum Konzentrieren fehlen. Als ob das halbe Hirn voll mit dieser Sonja wäre. Als ob da kein Platz mehr wäre für Belege, Abrechnungen, Konten, Regel- und Unregelmäßigkeiten. Also ob da kein Platz mehr wäre für Martins To-do-Liste, denkt Henriette und auf einmal fällt ihr ihr Herz ein, in dem die Margerite herumsteht. Mit hängendem Kopf. Wie traurig. Wer gießt sie? Wo ist Martin, wo bin ich, denkt Henriette, sie sollte sich besser beeilen, bald geht es los und sie wollte doch noch schnell in den Spiegel schauen.

Vor dem Spiegel: Henriette kann sich nicht aufs Spiegelbild konzentrieren, die Gedanken fliegen nur so herum zwischen Sonja, Martin und dem Spiegelbild und ob es Henriette etwas sagen will. Sagen will? Die Haare, die Haare wollte sie noch kontrollieren. Sie schiebt die Stirnfransen an die Seite, hoffentlich fallen sie nicht wieder zurück. Was wollte sie noch?

Keine Ahnung. Das Spiegelbild verabschiedet sich, verschwindet im schwarzen Hintergrund, der an manchen Stellen schon durchschimmert. Was soll das heute werden, denkt Henriette, wo sie so unkonzentriert ist, wo es bei Henriettes Mutter, als ob sie es ahnen würde, ja auch noch so verdammt hoch hergeht. Henriettes Luster scheppert wie verrückt, der Witwer hat Nachholbedarf, denkt Henriette und ihr graust bei dem Gedanken an die Mutter und den Witwer von ihrer besten Freundin, die nun im Grab verrottet, und auch bei Sonja unten ist es laut. Ein Gebrüll ist das, dass Henriettes Wände zittern. Wie gehabt: Dem jungen Vater wird gerade einmal wieder alles zu viel. Der junge Vater verdrischt ganz sicher gerade den kleinen Jakob, weil der den Sessel nicht ans Abwaschbecken, sondern ans geöffnete Fenster gezogen hat und drauf und dran war, aufs Fensterbrett zu klettern. Wie soll ich mich da konzentrieren, denkt Henriette. Was soll das heute werden.

Weil du dich auch immer so leicht ablenken lässt, sagt Henriettes Mutter zwischen zwei Stößen, und sie hat recht, denkt Henriette. Sie öffnet den Laptop, da kommt auch schon die Einladung. Henriette nimmt an und ohne nachzudenken sagt sie in den Bildschirm hinein: Verdammt, ich lasse mich auch immer so leicht ablenken. Darauf Martin, lachend: Aber doch hoffentlich nicht von mir?

Es ist das erste Mal, dass Henriette Martin lachen sieht. Wie schön. Man möchte meinen, dass die Margerite ihren Kopf hebt.

HENRIETTE, EIN MORGEN

Über dem Fauteuil neben dem Bett hängen T-Shirts, Unterhosen, Leggings. Auf dem Nachttisch und auf dem Boden stehen verkrustete Teller, Schüsseln mit Fettresten, ein Topf, an dessen Boden verbranntes Popcorn klebt, daneben zusammengeknülltes Verpackungspapier, Überkartons von Keksen und Chips, leere Plastikflaschen, Papierservietten und das Stanniolpapier von einem Döner. Henriette hat die Augen zu Schlitzen geöffnet und beobachtet ihre Mutter, die durch ihr Schlafzimmer schießt wie ein wild gewordener Blitz. Der Witwer scheint sie zu energetisieren, denkt Henriette und dass sie das jetzt ausbaden muss. Die Mutter reißt jetzt auch noch das Fenster auf, weil man hier sonst noch erstickt, sie schaltet den Fernseher und das Nachttischlämpchen aus, dann greift sie nach allem, was ihr in die Hände fällt. Sie hebt Flaschen, Unterhosen, T-Shirts, Plastiksackerl, auch das immer noch feuchte Handtuch vom Vortag auf. Stück für Stück hebt sie auf, hält es wie eine Trophäe in die Höhe und lässt es von ganz oben auf den Boden fallen. Was ist nur mit dir los, sagt sie zu Henriette, die ihre Augen wieder geschlossen hat. Steh wenigstens auf, sagt die Mutter, als sie alles aufgehoben und wieder fallen gelassen hat. Ihre Stimme klingt jetzt müde.
Ausgepowert.
Jetzt gibt sie auf, denkt Henriette. Die ganze Munition verschossen. Sie wartet noch ein paar Minuten, bevor sie die Augen öffnet. Alles ist ruhig, die Mutter ist wieder hinaufgegangen. Henriette will gar nicht wissen, was sie dort macht. Als

sie später, nachdem der Schock verdaut ist und sie sich endlich doch einen Ruck gegeben hat, auf dem Weg zur Küche am Klavier vorbeikommt, sieht sie, dass der Klavierdeckel offen steht. Hat sie den Deckel offen gelassen oder hat gar die Mutter? Nein, das kann nicht sein, Henriettes Mutter interessiert sich nicht mehr fürs Klavier. Sie hat das Klavier abgeschrieben, als sie Henriettes Klavierkarriere abschreiben musste.

Henriette war einfach zu faul zum regelmäßigen Üben. Der Biss hat ihr gefehlt. Ein Trauerspiel. Eine ganz Große hätte Henriette werden können und was ist aus ihr geworden. Ein einziger Jammer. Henriettes Mutter will wegen dieses ganzen Henriettejammers mit dem Klavier rein gar nichts mehr zu tun haben. Das Klavier ist eine einzige Enttäuschung für Henriettes Mutter. Und ich bin der Resonanzkörper, fällt Henriette ein. Sie nimmt den Deckel in die Hand und lässt ihn mit einem lauten Knall in Richtung Tastatur fallen. Das Klavier jault auf wie ein Mensch, weint hinterher wie ein Kind, verhallt.

Henriette steht verloren in der Küche und greift erst in den einen, dann in den anderen, dann in alle Schränke, ohne etwas zu finden. Schließlich erinnert sie sich. Kaffee, sie sucht Kaffee. Setzt Wasser auf, schaufelt Kaffee in die Kanne. Bis das Wasser kocht, schaut sie aus dem Fenster. Es ist niemand auf der Straße. Ob Sonja schon im Spital ist? Sie ist nicht mehr gekommen und hören lassen hat sie auch nichts. Es ist überhaupt so ruhig im Stock unter ihr. Ob Henriette sich Sorgen machen sollte? Warum?

Die Bäume verlieren immer noch Blätter, das Gras zwischen Fahrbahn und Gehsteig ist ganz vertrocknet. Es hat heuer viel zu wenig geregnet, denkt Henriette.

HENRIETTE MACHT WEITER

Jedes Mal, wenn Martin sich an die Schulter greift, verzieht er das Gesicht. Schmerzen?, fragt Henriette, als er die Hand gar nicht mehr von der Schulter nimmt. Ja, im Herbst immer. Arthritis?
Nein, Unfall. Eh schon ewig her, aber immer noch …
Kenne ich, fällt ihm Henriette ins Wort. Sie bemerkt es, erschrickt, schweigt. Martin hält seine Schulter. Henriette hofft, dass er nichts gemerkt hat.
Machen wir weiter?
Ja, machen wir weiter.
Später, Martin ist im zugeklappten Laptop verschwunden, auf dem Tisch steht eine große Portion Pommes frites, es riecht nach heißem Fett. Henriette sitzt in der Küche. Vom Nacken aufsteigend: Kopfweh. Es ist nur ein Zwirnfaden, denkt sie. Ein über die Jahre hauchdünn gewordener Zwirnfaden. Ein Ruck und er reißt. Immer wieder reißt Henriettes Welt einfach ab und Henriette schaut zu, als ob sie das nichts anginge. Sie macht einfach ohne Welt weiter. Henriettes Mutter wird davon ganz verrückt: Das geht doch nicht! Doch, sagt Henriette, das geht. Dieses Kind bringt mich noch ins Grab, sagt Henriettes Mutter zu ihrem Witwer und seufzt schwer. Ihr Witwer nimmt sie in den Arm, um sie zu trösten.
Henriette, am Klavier sitzend, kann das hören. Sie klimpert irgendwelche Töne, sie macht einfach weiter.

HENRIETTE ZÄHLT

3 rote und 4 schwarze Autos. 1 Auto, weiß, parkt ein. Sonja? 6 Bäume, auf jeder Seite 3. 2 Grünstreifen. 5 Leute sind unterwegs, 1 Mann überquert die Fahrbahn. 0 fahrende Autos. 1 Spielplatz. 1 Rutsche, 1 Wippe, 3 Schaukeln. 1 Sandkiste, 1 Klettergerüst. 9 Kinder. 4 Erwachsene. Frauen. 4 Bänke. 3 Mistkübel. 1 Kran ragt in den Himmel, 8 Rauchfänge. Fenster? Zahllos. Kilos? Zahllos. 195, bald 200. 3 Mahlzeiten, 1 Frühstück, 1 Mittagessen, 1 Abendessen. Vielleicht 1 Zwischenmahlzeit. 1 Apfel, vielleicht 3 Nüsse. 10 Jahre. 3 Tage bis zum nächsten Meeting. Sonja? Tage unbekannt. 3 Zimmer, 1 Bad, 1 Klo. 1 Küche, 1 Wohnzimmer, 1 Schlafzimmer, 1 Flur. 1 Haustür. 1 Glocke. 1 Stiegenhaus. 1 Lift. 1 Bett. 2 Tische. 7 Sessel. 1 Fauteuil. 1 Kleiderschrank. 6 Fenster. 365 Tage. 365 Nächte. 1 Fernseher. 1 Kühlschrank, 1 geheime Lade. 1 Laptop. 1 Martin. Noch 3 Tage. 19 Ordner. 1 Handy. 1 Ladekabel. 2 Anrufe. 1 Kopfkissen, 3 Kokoskuppeln, 5 Teller, 5 Dosen Ravioli. 1 Mutter. 1 Tod. 1 Begräbnis. 1 Grab. 1 Friedhof. 1 Straßenbahn. 1 U-Bahn. 1 Herbst. 10 Jahre. 1 blauer Himmel. 1 Kran. 1 Winter. 1 Frühling. 1 Sommer. 1 Unfall. 6 Bäume. Blätter? Zahllos. Nächte? Zahllos. 1 Zahnbürste, 1 Zahnputzbecher, 1 Seifenstück, 10 Handtücher. 4 Badetücher, 1 nasses. 1 Wäscheständer. 1 Haarbürste. 1 Gesichtscreme. 1 Duschgel. 1 Spiegel. Haare, zahllos, Stirnfransen, zu kurz, 1 Gesicht. 2 Augen. 1 Nase, 1 Mund, 2 Wangen. 1 Stirn. 1 Rücken. 1 Bauch. 2 Arme. 2 Hände. 2 Beine. 2 Füße. 10 Paar Socken. 1 Waschmaschine. 1 Waschbecken, 1 Dusch-

kabine. 1 Handtuchständer. 1 Kästchen. 2 Packungen Papiertaschentücher. 1 Treteimer. 1 Badezimmertür. 1 Flur. 1 Tür mit 1 Glaseinsatz. 1 Klavier. 88 Tasten. 36 schwarz, 52 weiß. 1 Klavierhocker. 1 Metronom. Tage? Zahllos. Nächte? Zahllos.

HENRIETTES AUGEN

Die Mutter reißt den Vorhang so grob auf, dass die Sonne wie Säure auf Henriettes Augen fällt, doch plötzlich ist Martin da. Ganz nahe bei Henriette steht er und schirmt ihr die Augen ab. Wäre sie wach, könnte sie ihn sogar riechen, so nahe steht er bei ihr. Aber sehen kann sie ihn, auch wenn sie die Augen vor Schmerz immer noch geschlossen halten muss. Auch seine Hand kann sie spüren. An ihrer Stirn. Henriette würde ihren Kopf gern an seine Brust lehnen, aber da ist er schon weg. Weil sie auch immer so lang überlegt. Aber sie hat doch gar nicht überlegt. Henriette ist einfach nicht impulsiv genug. Henriette ist träge wie ein nasser Sack, Henriette ist so ganz anders als ihre Mutter, die ihr heute noch aus dem Stand ein Tänzchen vorhüpfen könnte. Warum sich Henriette einfach kein Beispiel an ihr nimmt.

Warum Henriette nichts von ihr hat.

Martin kann nichts Neues berichten. Die entscheidenden Leute sind auf Urlaub, er wird ihnen sicher nicht hinterhertelefonieren, er gehört noch zu den Menschen, die den Urlaub als Urlaub akzeptieren. Kein Nachfragen, keine Anrufe heißt das.

Das Homeoffice haben sie mir auch nicht bewilligt, sagt er.

Da hab ich ja noch Glück gehabt.

Wie man's nimmt.

Wie sollte ich's denn nehmen? Weißt du was?

Nichts Genaues. Eigentlich gar nichts. Sind nur Vermutungen.

Nämlich?

Ich glaube, dass die dich einsparen wollen. Und deine Arbeit wollen sie mir umhängen.

Kann ich mir nicht vorstellen.

Henriette kann sich viel vorstellen, aber dass sie entlassen wird. Nein. Das nicht. Henriette ist unverzichtbar, sie ist seit ewig in der Firma, sie ist lang vor Martin gekommen und wird auch lang nach ihm noch in der Firma sein.

Du bist doch jetzt schon nicht mehr in der Firma. Nie. Das geht nicht auf Dauer.

Und du willst auch Homeoffice, weil?

Heute sind Martins Augen wieder grün. Nicht wie bei den letzten Malen, wo sie Henriette anders vorgekommen sind. Nicht so grün. Hauptsache nicht blau wie ihre und die ihrer Mutter. Blaue Augen sind leere Versprechungen und grün ist die Hoffnung.

Und du solltest auch wieder ins Büro kommen. Spätestens wenn Corona vorbei ist, er will eh nur 2, 3 Tage die Woche Homeoffice machen.

Corona ist nie vorbei.

Dann sofort.

Blaue Augen? Nie mehr blaue Augen. Eine Zeit lang ist sie mit einem ins Bett gegangen, der blaue Augen gehabt hat. Vom vielen Weinen ausgewaschene blaue Augen waren das. Ohne Tränen leer geweint, weil er etwas auf sich halten wollte, was er aber nicht geschafft hat. Er war zu traurig dafür. Er hatte damals schon lang aufgegeben, er hat es nur noch nicht gewusst. Henriette hat es gewusst, sie hat es gesehen, und deshalb ist sie zu ihm in sein Bett gestiegen, hat sich auf seine Matratze gelegt und die Augen geschlossen. Alles eine Frage der Konzentration und der Technik, hat sie sich gedacht. Aber der mit den ausgewaschenen blauen Augen hat es gemerkt: Warum hältst du die Augen immer geschlossen?, hat er gefragt. An wen denkst du dabei?, hat er gefragt. An mich, hat Henriette gesagt. Man muss sich in die Seele schauen lassen, sonst ist das ganze Vögeln nichts wert, hat der mit den ausgewaschenen blauen Augen zu Henriette gesagt und sie dabei angestarrt, als ob er sie hypnotisieren wollte. Von da an hat Henriette ihre Augen beim Vögeln offen gehalten, aber den mit den ausgewaschenen blauen Augen hat sie trotzdem nicht in ihre Seele schauen lassen. Alles eine Frage der Konzentration und der Technik.

Meinst du? Sofort? Also ich weiß nicht. Ich muss darüber nachdenken.

Ja, tu das.

Was macht die Schulter?

Danke, geht schon. Und du?

Alles gut.

HENRIETTE GEHT EINKAUFEN

Der Mantel ist im Frühling ziemlich locker gesessen, sie müsste ihn also immer noch zuknöpfen können, wenigstens bis zur Taille. Eine passende Hose müsste auch noch da sein, mit Gummizug und noch ohne Risse und ohne dünne, fast durchgewetzte Stellen im Stoff.

Wobei der Mantel lang genug wäre, selbst wenn unterwegs etwas mit der Hose passieren würde, man würde es nicht sehen. Was für ein Glücksfall, dass es kalt geworden ist und man einen Mantel braucht. Was für ein Glücksfall, dieser Mantel, was für ein Glücksfall, diese Hose, auch wenn es extrem anstrengend ist, sie anzuziehen. Oben ist egal, das sieht keiner. Trotzdem nimmt Henriette ein frisches T-Shirt aus dem Schrank.

Die Zähne sind geputzt, das Gesicht gewaschen, die Haare gekämmt. Seitenscheitel. Vielleicht kauft sie sich ein Haargel, da kann sie sich die Stirnfransen in Zukunft an die Seite kleben. Stylen, denkt Henriette. Vielleicht werde ich mir in Zukunft die Haare stylen.

Zukunft, das ist das Stichwort. Kann es sein, dass Henriette plötzlich eine Zukunft haben will? Kann es sein, dass Henriette in ihre Crocs schlüpft und nach ihrem Einkaufswägelchen greift, kann es sein, dass Henriette bei der Wohnungstür hinaus und auf den Hausflur geht? Dass sie sich umdreht und von außen zusperrt? Dass sie den Lift holt, auf ihn wartet, einsteigt? Auf E drückt und sich ins Erdgeschoß bringen lässt? Dass sie aussteigt? Dass sich die Lifttür hinter ihr schließt, während sie schon zum Haustor geht, das Wägelchen für ihre Einkäufe hinter sich herziehend, dass sie das Haustor aufdrückt und schließlich auf der Gasse steht, weil sie eine Zukunft haben will?

Die Luft wirft Henriette fast um. Schon im Hausflur hat es gerochen, als ob gleich hinter Henriettes Wohnungstür die weite Welt mit all ihren Gerüchen anfangen würde, aber als Henriette das Haustor öffnet und langsam die niedrige Stufe zum Gehsteig hinunter nimmt, als sie stehen bleibt und den Kopf hebt, einatmet, wirft es sie fast um. Warum? Weil da so viel Platz ist, weil sie den Kopf drehen und jetzt einfach nach links oder rechts gehen könnte? Und da vorne ums Eck und dann noch eine Straße. Da ist die Straßenbahnstation, weiter hinten ist das Kino. Es ist diese üppige Luft, die Henriette fast umwirft. Ein Atemzug und Henriette möchte losgehen und nie wieder zurückkehren.

Als Henriette den Supermarkt erreicht hat, ist sie froh, sich am Einkaufswagen abstützen zu können. Das Kreuz. Die Füße. Ihr ist heiß, sie muss wenigstens die oberen Mantelknöpfe öffnen. Obst. Ja, sie wird Obst nehmen. Äpfel? Nektarinen? Himbeeren? Weintrauben? Nein, zu süß. Zu viele Kalorien. Beeren. Beeren sind am besten. Am gesündesten. Himbeeren, Heidelbeeren. Dazu Topfen? Magertopfen. Sie wird gleich vier Packungen nehmen. Keine Schokolade, keine Kuchenstücke, kein Cola, keine Chips, keine Erdnüsse. Keinesfalls, Henriette geht an dem Gang mit den Süßigkeiten und auch an dem Gang mit dem Knabbergebäck vorbei. Nicht einmal hinschauen. Ein Vollkornbrot. 3 x Schinken, 4 x Magertopfen. 1 Packung Scholle. 1 Sack Tiefkühlgemüse, das nackte, das ohne Butter und Gewürze. 1 Pizza? 1 Pizza müsste gehen neben den ganzen anderen Sachen. Oder nicht? Vielleicht besser Pudding? Vanille oder Schokolade? Besser noch 1 Packung Tomaten. Oder 1 Gurke? Da müsste sie aber wieder zurück zur Obst- und Gemüseabteilung gehen. Henriettes Füße sind geschwollen und schmerzen bei jedem Schritt. Und den Weg nach Hause hat sie auch noch vor sich.

3 Leute stehen vor Henriette, ein alter Mann will seinen Einkauf mit Münzen zahlen, das dauert eine halbe Ewigkeit, eine junge Frau hat vergessen, die Bananen zu wiegen. Eine Mutter redet auf ihr störrisches Kind ein, anstatt schnell ihre Bankomatkarte hervorzuholen. Henriette legt ihren Einkauf aufs Förderband. Sie spürt die Blicke der Frau hinter sich.

Henriette ist froh, dass sie weder eine Pizza noch einen Pudding genommen hat. Von dem, was die sich kauft, schaut man aber nicht so aus, wie die ausschaut, hört sie die Frau hinter sich denken. Genau, antwortet Henriette, aber nur im Kopf. Vielleicht hätte sie doch eine Pizza nehmen sollen und gleich beides, den Vanille- und den Schokopudding. Noch langsamer, noch hölzerner als der alte Mann zuvor legt Henriette ihre Einkäufe von der Kassa in den Wagen zurück und zahlt.

Erst auf dem Heimweg spürt sie die Füße wieder, das Kreuz konnte sie schon beim Einräumen der Einkäufe nicht mehr biegen. Stück für Stück musste sie ihre Einkäufe in ihr Wägelchen hineinfallen lassen. Hoffentlich haben die Beeren das überlebt. Das Haargel? Nein, ein Haargel war nicht dabei. Das hat Henriette in der ganzen Aufregung vergessen.

HENRIETTE HAT DURST

Die Mutter schüttelt den Kopf und schiebt den Kleiderhaufen auf die Seite. Seufzend setzt sie sich nieder, sie verschwindet fast in dem großen Fauteuil. Henriette hat ganz vergessen, wie klein sie ist. Was soll denn das werden mit dir, sagt Henriettes Mutter. Hab ich dir nicht alles gegeben, das ich dir geben konnte. Mein ganzes Leben habe ich dir gegeben. Und wofür? Henriette öffnet die Augen nicht. Die Mutter soll denken, dass sie schläft. Auch die Hand der Mutter ist klein. Viel zu klein zum Klavierspielen, aber sie ist warm und trocken.

Fiebrig, denkt Henriette, wie sie da auf ihrer Stirn liegt. Als sie über ihren Nasenrücken fährt und auf ihren Lippen liegen bleibt. Ich schlafe doch, denkt Henriette. Sie wird mich noch aufwecken. Kann sie mich nicht ein einziges Mal schlafen lassen. Mein ganzes Leben hab ich dir geschenkt, sagt die Mutter und lässt sich zurück in den Fauteuil sinken. Ich habe dich nicht darum gebeten, sagt Henriette. Nicht um dein Scheiß-Leben. Nicht um mein Scheiß-Leben. Ich habe um kein einziges Scheiß-Leben gebeten. Scheiß sagt man nicht, sagt die Mutter.

Als Henriette aufwacht, hat sie verschwollene Augen. Als ob sie geweint hätte. Sie sollte mehr trinken. Oder keine Chips und Popcorn und Erdnüsse essen. Schon gar nicht vor dem Schlafen. Zu salzig. Zu fett. Zu viel. Henriette hat Durst. Kein Wunder, sagt die Mutter. Ach du, sagt Henriette. Lass mich doch in Ruhe. Ruhe sagt man nicht, sagt die Mutter, greift sich aber rasch auf den Mund. Sie hat ihren Fehler bemerkt. Henriette hat es einstweilen aus dem Bett geschafft. Frag nicht, wie das gegangen ist, denkt sie, als sie auf der Bettkante sitzt und wartet, bis der Schwindel vergeht. Rasche Bewegungen sind nicht gut für Henriettes Kopf. Und so unerwartet sind sie erst recht nicht gut. Es wird lang dauern, bis sie aufstehen kann.

Henriettes Beine. Geschwollen, gedunsen. Rote Flecken. Fürchterlich, denkt Henriette, und wäre da nicht dieser noch fürchterlichere Durst, ließe sie sich wieder zurück ins Bett fallen. Decke drüber und das war's dann, denkt Henriette und stellt sich vor, wie man sie auf die Intensivstation und dann mitsamt den Intensivapparaten zu den Komapatienten gelegt hat, weil ihr Herz nicht mehr schlagen kann. Zu eng ist es in ihrem zum Bersten vollen Brustkorb. Henriette stellt sich vor, dass sie in einen tiefen Dauerschlaf versetzt wird und wenn sie nach Monaten aufwacht, hat sie 100 Kilo weniger. Okay, vielleicht wird es ein Jahr dauern. Sie würde dann auch Sport machen, weil ihr ja sämtliche Muskeln verkümmert wären. Aufbausport wäre das. Zuerst würde sie nur Flüssiges zu sich nehmen können, weil der Magen ja verlernt hätte, was er mit fester Nahrung machen muss. Ob man ihr die Zähne geputzt hätte? Ob man sie gekämmt hätte? Gewaschen? Eingecremt? Wie lang wären ihre Haare nach einem Jahr? Und die Nägel? Plötzlich läutet es an der Tür. Henriette erschrickt. Sie hält die Luft an, bis die Klingel verstummt.

Es wird die Postlerin gewesen sein. Wahrscheinlich ist das Postfach wieder zu voll. Wahrscheinlich ist irgendein Brief dabei, den die Postlerin wichtig findet. Aus irgendeinem Grund findet die Postlerin, dass sie sich um Henriettes Post kümmern muss, und zwar wirklich. Aus irgendeinem Grund will die Postlerin, dass Henriette ihre Post auch wirklich bekommt. Als ob Henriette Post bekäme, die für sie von Bedeutung wäre. Aber sie hätte wegen Sonja fragen können. Ob die Postlerin weiß, was mit der Familie unter ihr los ist.

HENRIETTE UND DIE STILLE

Martin ist geräuschempfindlich. Wenn es irgendwo draußen quietscht, weil ein Auto abbremst, oder wenn es kracht, weil auf der Baustelle gegenüber eine Blechplatte umgefallen ist, oder wenn irgendwelche Planen im Wind laut flattern, unterbricht er sich mitten im Satz, hebt den Kopf an und dreht ihn, als ob er das Geräusch orten müsste. Hat er es gefunden, verengen sich seine Augen wie auf ein geheimes Kommando. Wenn sie ihn nicht anders kennen würde, Henriette hielte Martin für bösartig, so schmal zieht er die Augen Richtung Nasenwurzel zusammen. Zudem legt er die Stirn in Falten und presst seine Lippen mit so viel Kraft aufeinander, als lägen dahinter Flüche, die nicht einmal Henriettes Mutter kennt. Wie festgefroren sitzt er da, bis es wieder still ist. Deshalb zieht Henriette nicht nur ihr schönstes T-Shirt an und sucht nicht nur nach den passenden Ohrringen, deshalb zupft sie sich nicht nur die Stirnfransen diesmal mit nassen Fingern an die Seite, in der Hoffnung, dass sie das Meeting über dann dort kleben bleiben, deshalb reibt sie sich nicht nur minutenlang die Wangen, weil sie heute gar so blass ist, sondern sie geht auch durch alle Räume und kontrolliert, ob auch wirklich alle Fenster geschlossen sind. Dann setzt sie sich vor den Laptop. Sie wartet auf Martin.

Es ist still. Vollkommen still, als hätte Henriette auch noch Handtücher unter die Türen und zwischen die Fenster gesteckt, um auch das letzte Geräusch draußen zu halten. Ihre Mutter scheint sich heute woanders zu vergnügen und auch unten ist es ruhig. Was mit Sonja und ihrer Familie los ist?

Henriette hat keine Ahnung. Seit Tagen schon ist kein Laut zu hören und sie hat auch nicht gesehen, dass die Kinder in den Kindergarten und in die Schule gebracht worden sind. Ob Sonja im Spital ist? Ob Sonjas neues Kind schon da und ihr Mann weg ist?

Samt den 3 anderen Kindern? Oder ob er die Kinder endlich doch erschlagen hat, während Sonja im Spital war, weil sie ihm den letzten, den ultimativen Nerv gezogen haben mit ihrem ewigen Geschrei? Ob Henriette womöglich schon tagelang über drei Kinderleichen und einer Vaterleiche wohnt, weil er sich dann auch umgebracht hat? Weil es plötzlich so still war, dass er es nicht ausgehalten hat? So ohne seine Kinder? Ohne ihren Lärm? Ob Martin diese Stille kennt, diese Totenstille, die in die Menschen hineinkriecht wie Giftgas? Lautlos, geruchlos.

Dass sie es nicht merken und dann ist es zu spät? Da sind sie schon implodiert, da sind sie schon zusammengefallen zu einem lächerlichen Rest. Was hätte es genützt, die Lippen zusammenzupressen, nichts hätte es genützt. Der Stille sind die Lippen egal. Der Stille sind deine Augen, ist deine Stirn, der Stille ist alles egal, was du hast und was du bist. Die Totenstille kriecht in die Menschen hinein wie Giftgas. Erledigt sie lautlos von innen.

Henriette steht auf, ruckartig, als ob sie sich beweisen wollte, dass sie lebt. Sie geht in die Küche. Noch 8 Minuten. Sie öffnet den Kühlschrank. Sie öffnet die geheimen Laden. Sie denkt an Martin und dass sie für ihn noch Platz haben will. Sie gibt der Kühlschranktür einen Stoß, sie schiebt die geheime Lade in ihr Fach zurück. Sie geht ins Wohnzimmer, setzt sich vor den Laptop und überprüft, ob sie die Unterlagen in der richtigen Reihenfolge vor sich liegen hat.

ZU VIEL GETRÄUMT, ZU VIEL SEHNSUCHT

Wieder Schmerzen?
Ja, das Wetter.
Auto? Autounfall?
Nein, vom Baum gefallen.
Von einem Baum? Du kletterst auf Bäume?
Nein, da war ich noch ein Kind.
Mit Baumhaus und allem Drum und Dran?
Nein, nur zu viele Geschichten gehört und zu viel geträumt und dann, ich war ja noch ein Kind, wollte ich bis nach Afrika schauen. Wegen dem Urwald. Dort, wo noch nie ein Mensch gewesen ist. Wildnis mit Lianen. Und Bäume, die bis in den Himmel wachsen, mit dunklen Blättern und Löchern und Zacken und Bögen und Fransen. Ich war ja noch ein Kind. Und überall Wasserläufe und an den Ufern riesige Wurzeln. Behausungen von geheimen, noch unentdeckten Lebewesen.

So hat Martin sich das vorgestellt, und dann ist er abgerutscht. Zu weit vorgebeugt und dann hat er sich nicht mehr halten können.

Martin schweigt und Henriette schweigt auch. Sie bewegt sich nicht einmal, um ihn nicht zu stören. Sie weiß, dass Erinnerungen wie Träume sind. Sie weiß, dass man niemanden aus seinen Erinnerungen aufwecken darf, weil sonst die schlimmsten Sachen passieren.

Er ist abgerutscht. Er hat die rissige Rinde von dem Ast gespürt, an dem er sich festgehalten hat, er spürt sie immer noch, wie sie an ihm reißt. Und dann die Zweige, die ihm ins Gesicht geschlagen sind. Unten hat er dann erst einmal gar nichts mehr gespürt.

So viel hat Martin noch nie am Stück geredet. Nicht über etwas Privates. Persönliches. Henriette sitzt ganz still.

Aber dann. Solche Schmerzen hatte er später nie wieder.

Du wirst ja auch auf keinen Baum mehr geklettert sein.

Ja, das kannst du glauben! Martin lacht.

Das glaub ich sofort!

Einen Gips habe ich gehabt von da – Martin zeigt auf seine Schulter – bis da. Er zeigt auf seine Finger. War alles kaputt.

Und der Urwald?

Der Urwald muss warten! Martin lacht wieder.

Er hat gute Laune, denkt Henriette und lacht mit. Er schaut ganz anders aus, wenn er lacht. Wie ein Bub. Wie der Bub, der damals auf den Baum geklettert ist, denkt Henriette.

HENRIETTE STOLPERT

Henriette will nicht sitzen. Sie will nicht stehen und nicht liegen. Sie will auch nicht aus dem Haus. Was will Henriette? Sie geht von Zimmer zu Zimmer, unschlüssig, ziellos. Sie hebt ihre Füße nicht und wäre fast über ein Handtuch gestolpert, das – warum auch immer – plötzlich im Weg gelegen ist. Heb doch die Füße beim Gehen, sagt die Mutter. Wie oft habe ich dir das schon gesagt. Scheiß-Handtuch, sagt Henriette. Scheiß sagt man nicht, sagt die Mutter. Hau doch endlich ab, sagt Henriette. Jetzt ist die Mutter beleidigt. Kein Wort rede ich mehr mit dir, sagt sie. Schön wäre es, sagt Henriette. Du undankbares Gör, sagt die Mutter. Gör, sagt Henriette. Was soll denn das sein? Du bist das, sagt die Mutter. Ein undankbares Gör.

Henriette bleibt stehen, dreht sich um, schaut der Mutter ins Gesicht, schaut ihr in die Augen: Hau endlich ab.

Henriette denkt an die grünen Augen von Martin. Urwaldgrün sind sie gestern gewesen. Unergründlich urwaldgrün, denkt Henriette und will hineintauchen und nicht mehr auftauchen, da tut sich etwas in Henriettes Herzkammer. Dort, wo Henriette eine Margeritenblüte hat, dort wächst etwas. Etwas Grünes. Grün ist die Hoffnung, sagt die Mutter, die ihr nachgeschlichen ist. Bis ins Schlafzimmer ist sie Henriette nachgeschlichen. Ach Henny, ich kann dich doch nicht alleine lassen, sagt sie und streicht Henriette die Stirnfransen aus dem Gesicht. So schaut das viel besser aus, sagt sie. So solltest du das immer tragen, sagt Henriettes Mutter und streicht Henriette über die Wangen, bis sie einschläft. Man kann sie einfach nicht alleine lassen, sagt Henriettes Mutter. Sie flüstert, um Henriette nicht zu wecken. Das Kind soll schlafen, sagt sie zu ihrem Witwer. Wer schläft, sündigt nicht, sagt sie und nimmt den Witwer an die Hand. Komm, sagt sie, wir gehen nach oben.

Henriette hebt die Füße nicht beim Gehen und stolpert fast über ein Handtuch. Sie erschrickt. Nur nicht niederfallen, denkt sie. Das wäre eine Katastrophe. Wie ein riesiger Käfer, der auf seinen Panzer gefallen ist, läge sie – nach oben offen – im Flur. Und was dann? Da ist niemand weit und breit. Sie müsste ganz laut schreien, wenn endlich jemand an ihrer Tür vorbeiginge. Ein Schlüsseldienst müsste kommen, um die Tür aufzubrechen, und sie läge da unten auf ihrem Rücken auf dem Boden, nach oben hin offen, ein Anblick, den Henriette nicht einmal denken will. Dann: Spezialtrage, Spezialträger, Rettung, Spital. Die Augen des Chirurgen. Operation. Das volle Programm.

Henriette setzt sich. Ihr Herz klopft immer noch vor Schreck. Viel hat nicht gefehlt. Sie hat sich gerade noch halten können. Es ist so still, dass Henriette hören kann, wie das Herzklopfen an der Küchenwand aufschlägt, abprallt und wieder zurück in ihr Herz geschossen kommt. Welcome back, sagt die Margerite. Henriette greift hinter sich und öffnet eine Lade. Da müsste noch eine Packung Kekse sein. Und eine Tafel Schokolade. Und eine Packung Cashewnüsse. Es gibt keine Margeriten in Herzkammern und es gibt keinen 2. Magen, denkt Henriette, während sie die Schokolade aufbricht, aber mich gibt es, denkt sie, und den tödlichen Schrecken, den ich beruhigen muss.

HENRIETTE WÜRDE SONJA

Erst geht es langsam und dann hängen von einem auf den anderen Tag nur noch ganz vereinzelt Blätter auf den Bäumen. Das ist gut, denn da kann Henriette mehr sehen. Die Kinder auf dem Spielplatz tragen jetzt Pullover und Jacken und Gummistiefel, die Mütter sitzen wie Krähen auf den Bänken, drehen aufmerksam ihre Köpfe und passen auf, dass ihre Kinder sich das Spielzeug nicht wegnehmen lassen und sich ihre Mützen nicht vom Kopf ziehen. Die Frauen schlagen sich ihre Mäntel und Jacken immer wieder eng um den Leib, dazwischen starren sie auf ihre Handys oder stehen auf und heben ein Kind, ihr Kind, auf eine der Schaukeln. Heben es wieder herunter. Es ist wohl zu kalt. Eine der Frauen sitzt auf der Einfassung der Sandkiste, füllt Sand in Förmchen und redet ihrem Kind gut zu. Hält ihm immer wieder eine kleine Schaufel vors Gesicht, aber das Kind schaut nicht hin. Es interessiert sich weder für die Schaufel noch für die Mutter. Der Wind zerrt an den Verdecken der beiden Kinderwagen, die zwischen den Bänken stehen, er reißt an Halstüchern und fährt einer muslimischen Frau unter ihren schwarzen Kittel, der sich wölbt wie zum 9. Monat. Väter sind heute keine zu sehen, auch Sonja ist nicht dabei.

Sonja ist gestern nach Hause gekommen. Henriette hat sie gesehen. Sie war allein. Sie ist aus einem Taxi gestiegen und ist zum Haustor gegangen. Langsam, schwerfällig. Mit einer kleinen Tasche in der Hand. Henriette denkt das Schlimmste. Es ist viel zu still in der Wohnung unter ihr, nur einmal hat sie eine Tür knallen gehört. Henriette denkt, dass sie Sonjas Verzweiflung bis hinauf in ihre Küche spüren kann. Sie kriecht in Henriettes Wohnung wie der kalte Wind, der durch die Fensterritzen hereinzieht. Henriette denkt, dass sie sich eine Hose und ein T-Shirt anziehen und die eine Treppe hinuntergehen sollte. Nein, sie würde natürlich mit dem Lift fahren. Sie würde an Sonjas Tür läuten und sie etwas fragen. Ob sie ihr bei irgendetwas helfen kann zum Beispiel.

Henriette sitzt an ihrem Küchentisch und trinkt Kaffee. Sie hat Kopfweh. Wenn es im Haus so still ist wie jetzt, ist der Lärm in ihrem Kopf einfach zu laut. Sie sollte aufstehen und etwas tun, das den Lärm übertönt. Hätte Henriette 100 Kilo weniger, dann hätte sie etwas in ihrem Kleiderschrank, das sie schnell anziehen und mit dem sie vor die Wohnungstür gehen könnte. Hätte Henriette 100 Kilo weniger, würde sie sich ohne lang zu überlegen anziehen. Sie liefe das eine Stockwerk hinunter, läutete an der Tür, Sonja würde öffnen. Mit ganz verweinten Augen würde Sonja vor Henriette stehen und Henriette würde die junge Frau einfach in die Arme nehmen. Wortlos. Hätte Henriette 100 Kilo weniger, wäre zwischen ihr und Sonja genug Platz. Henriette würde Sonja an sich drücken und Sonja würde in Henriettes Armen weinen und gar nicht mehr aufhören können. Henriette würde Sonja über den Kopf streichen und sie wiegen wie ein kleines Kind.

HENRIETTE PUTZT

Henriette bückt sich. Sie stellt die Teller in den Geschirrspüler. Sie richtet sich auf, langsam, in Zeitlupentempo. So tut es im Kreuz weniger weh. Sie drückt den Bügel vom Wasserhahn in die Höhe und hält Gabeln, Löffel und Messer unters laufende Wasser. Sie wischt die Essensreste ab. Sie drückt den Bügel wieder hinunter. Sie bückt sich erneut und stellt das Besteck in den Besteckkorb. Die Griffe nach unten, damit das Wasser gut abrinnen kann. Sie richtet sich wieder auf, langsam, in Zeitlupentempo, sie zieht die obere Lade aus dem Geschirrspüler und stellt Kaffeehäferl eines neben dem anderen in den Geschirrkorb. Sie richtet sich kerzengerade auf, sie legt sich eine Hand auf den Rücken und drückt sie gegen ihr Kreuz. Die beiden Töpfe, die noch im Abwaschbecken stehen, haben einen fettigen Rand von der Suppe. Henriette greift nach dem Spülmittel, in den Töpfen schäumt es auf, als sie das Wasser wieder aufdreht. Sie wird die Töpfe in den unteren Korb stellen und dann wird sie ein Reinigungstab in die dafür vorgesehene Lade legen. Sie wird den Geschirrspüler einschalten und alle Flächen abwischen. Henriette bereitet sich auf Sonjas Besuch vor.

Sonja wird nämlich zu ihr heraufkommen und das bald, wahrscheinlich schon heute, da ist sich Henriette zu 100 Prozent sicher, und sie will nichts falsch machen. Und es wäre falsch, wenn Sonja kommt und die Küche schaut wie ein Saustall aus, schaut aus, als ob Sonja nie bei Henriette gewesen wäre. Bei mir war dir das egal, scheißegal war dir das, sagt

Henriettes Mutter. Wie oft habe ich deinen Saustall in Ordnung gebracht! Hat dich das irgendwann einmal gekümmert? Nein, das hat dich nicht gekümmert. Kein einziges Mal. Als ob dich überhaupt je irgendetwas gekümmert hätte, das mit mir zu tun gehabt hat. Henriettes Mutter ist nicht zu bremsen. Henriette drückt den Schwamm aus, hält ihn wieder unters Wasser, dreht sich um. Sie schiebt Kartons und jede Menge Zettel auf die Seite und wischt über den Tisch. Obwohl sie sich dafür beugen muss, spürt sie ihr Kreuz jetzt nicht mehr. Sie muss sich nicht einmal abstützen. Henriette tut so, als ob sie die Mutter nicht hören würde. Sie tut so, als ob es die Mutter gar nicht gäbe. Du bist doch das Allerletzte, sagt die Mutter, dreht sich um und geht. Bevor sie die Tür hinter sich zuzieht, ruft sie noch Richtung Küche: Glaub ja nicht, dass dir das etwas nützen wird. Ob Henriette sie richtig verstanden hat? Die Worte ihrer Mutter gehen nämlich fast unter: Durch die geöffnete Wohnungstür ist Lärm zu hören. Sehr lauter, Henriette sehr vertrauter Lärm: Sonjas Kinder sind wieder da. Und ihr Mann auch, Henriette erkennt seine tiefe und ganz besonders laute Stimme auch noch durch die geschlossene Tür.

Damit hat sie nicht gerechnet. Nicht damit, dass der Mann und die Kinder zurückkommen. Heute zurückkommen, wo Sonja doch zu ihr heraufkommen sollte. Henriette macht weiter, wie mechanisch hält sie den Schwamm wieder in den Wasserstrahl, drückt ihn aus, hält ihn wieder unters Wasser, drückt ihn wieder aus. Wischt sie über die Mikrowelle und drückt sie auf einen Knopf. Die Tür der Mikrowelle springt auf. Henriette holt den verdreckten Teller heraus, legt ihn ins Abwaschbecken. Lässt Wasser über ihn laufen. Wischt das Innere der Mikrowelle aus.

HENRIETTE ZWISCHEN REBZEILEN

Gut, dass Martin das Treffen abgesagt hat, denkt Henriette, denn der Lärm im ersten Stock ist seit der Rückkehr von Sonjas Familie alles andere als leiser geworden. Treffen, äfft Henriettes Mutter Henriette nach. Als ob sich Henriette mit jemandem treffen würde, wenn sie in einen Bildschirm hineinschaut und hineinredet. Treffen! Dass ich nicht lache, sagt die Mutter und lacht. Selbst am Vormittag ist es jetzt laut, Sonja und ihr Mann streiten. Lauthals, wie das ihre Art ist, und zusätzlich knallen sie mit den Türen, dass das ganze Haus zittert.

Manchmal hat Henriette Angst durchzubrechen, plötzlich immer noch in der Küche, im Wohnzimmer, im Schlafzimmer oder im Flur zu sitzen, nur ein Stockwerk tiefer. Über und über mit Staub bedeckt. Ein paar Brocken der Decke würden noch hinterherfallen, würden glücklicherweise genau neben Henriette landen. Eine neue Staubwolke würde sich erheben. Henriette müsste husten und das würde gleich wieder Staub aufwirbeln. Sonja und ihr Mann hätten sich unter einen Tisch oder unters Bett gerettet, hielten sich irgendwelche Tücher vor den Mund und schauten Henriette beim Husten zu. Als ob es da etwas Besonderes zu sehen gäbe. Aber immerhin wären sie still. Oder aber der Boden von Henriettes Wohnung bräche einfach in einem Stück durch und würde alles, was unter ihm liegt, auch Sonja und ihren Mann, einfach plattmachen. Zerquetschen, und oben drauf säße Henriette wie auf einem fliegenden, nein, wie auf einem gelandeten Teppich. Kein Wunder, würde es heißen, das war abzusehen, dass die einmal durchbricht. Mitsamt ihrer Wohnung.

Henriette schüttelt das Bettzeug auf und öffnet das Fenster, frische Luft strömt ins Zimmer. Obwohl die Sonne scheint, ist es kalt. Seit das Haus gegenüber abgerissen worden ist, kann Henriette zwischen den verbliebenen Häusern bis zu den Abhängen der Hügel sehen. Nur der Kran stört die Sicht, die heute ganz besonders klar ist. Spätherbst. Alles hat scharfe Konturen. Gestochen scharf. Wie eine Fotografie. Henriette erinnert sich an die Abhänge der Hügel. An die Spaziergänge, an die Weingärten, an die aufgebrochene, schwere Erde zwischen den Rebzeilen. An diesen komischen Kerl, schwer begabt angeblich. Sie hat nie etwas davon gemerkt. Nur dass er komisch war. Aber er hat einen sicheren Posten gehabt und wenn man es selbst zu nichts bringt, muss man halt einen nehmen, der es zu etwas gebracht hat. Die Mutter hat aber selbst einen genommen, der es zu nichts gebracht hat, der es nur zu ihr gebracht hat. Zur Mutter und zu Henriette. Und zum Prügeln, wenn es nicht so gelaufen ist, wie er wollte. Und zu anderen Weibern, der Sauhund. Die Mutter erinnert sich an jedes einzelne Weib. Der komische Kerl mit dem sicheren Posten, ein Beamter, leitende Position, ist mit Henriette in die Weinberge gefahren. Ist mit ihr in den Weinbergen spazieren gegangen. Hat Henriette die Welt erklärt. Langatmig und umständlich, Henriette war froh, wenn er romantisch wurde, weil sie es dann bald hinter sich hatte. Einen Platz in einer Mulde suchen, Rock in die Höhe und Hose runter. Die Erde war hart, kalt und feucht.

Der Beamte, leitende Position, hat ihr nichts untergeschoben. Keine Decke, kein Sakko, kein Kind. Immerhin. Sie hat sich nicht überreden lassen. Der Mann, Beamter, leitende Position, und ein Kind von diesem Mann, Beamter, leitende Position, das hätte Ruhe in Henriettes Leben gebracht, Ruhe und Sicherheit und genau das hätte eine wie Henriette gebraucht. Er ist ein guter Mann, Henny. Überleg dir das genau. Ganz genau. Die Mutter war immer schon altmodisch. Vorstellungen wie vor 100 Jahren. Dein Leben wäre ganz anders und keinesfalls hättest du 195 Kilo, wenn du auf mich gehört hättest. Mit Sicherheit, sagt Henriette und schließt das Fenster. Schließlich soll das Zimmer nicht vollkommen auskühlen.

Ob Martin krank ist? Oder ob er einen anderen, wichtigeren Termin hat? Das Mail war knapp: Ich kann heute nicht, gibt eh nichts Dringendes, bis nächste Woche, LG, Martin. Ein Liebesbrief ist das definitiv nicht. Das ist gar kein Brief, das ist eine Nachricht, wie sie kürzer nicht möglich ist, ohne unfreundlich zu sein. Unfreundlich will er wenigstens nicht sein, denkt Henriette. Und die grünen Augen. Viel ist das nicht. Da hat ihre Mutter recht. Und die Margerite in Henriettes Herzkammer? Henriette hat die Margerite abgeschrieben. Genauso abgeschrieben wie den 2. Magen. Naheliegend für eine Buchhalterin. Noch naheliegender: der Kühlschrank. Eine Drehung und Henriette kann ihn öffnen. Vor ihr liegen 2 Salatköpfe, 2 Gurken, 1 Netz mit roten Rüben, einige Porreestangen. Äpfel, Karotten und Sellerie. Magertopfen, Magerjoghurt, Magermilch, Schinken ohne Fettrand, Tofu. Tofu! Die Mutter. Die Mutter hat ja alles, was Henriette liebt, einfach aus dem Kühlschrank genommen, in einen ihrer schwarzen Müllsäcke gesteckt und vor die Tür gestellt. Dann hat sie den Kühlschrank mit lauter gesunden Sachen gefüllt: Henny, das sind lauter gesunde Sachen. Henriette reißt ihre Laden auf. Auch da: alles weg. Gerade mal ein paar Nudeln liegen da. Dinkel-Vollkorn. Und Reiswaffeln, ungesalzen. Thunfischdosen – Thunfisch im eigenen Saft –, Dosen mit Kichererbsen. Ein paar Nussriegel. Henriette würde ihre Mutter am liebsten umbringen, aber sie lebt ja nicht mehr.

ZWEI FRAUEN

Das wäre vielleicht ein Gezeter gewesen, wenn Henriettes Mutter Henriette in diesem Aufzug gesehen hätte! In Grund und Boden hätte sie sich schämen müssen: Die Leggings trägt sie schon den dritten Tag, auch in der Nacht hat Henriette sie nicht ausgezogen, das T-Shirt ist übersät mit Flecken und mit Sicherheit riecht es nach Schweiß. Sie ist barfuß. Frisiert ist sie nicht und statt sich zu waschen, hat sie sich nur den Schlafsand aus den Augenwinkeln gewischt. Auch die Zähne sind ungeputzt. Tatsächlich hat Henriette ihre Wohnungstür genau so geöffnet, weder vernünftig angezogen noch gewaschen, und das hat sie nur wegen Sonja getan. Henriette hat nämlich das Läuten gehört und wie immer ist ihr vor Schreck das Herz fast stehen geblieben, aber im selben Moment ist ihr eingefallen, dass es ganz sicher Sonja ist, die vor ihrer Tür steht, und da ist sie sofort losgestartet. Ja, da ist Henriette so schnell aufgestanden und aufgebrochen und losgelaufen, dass sie keine Zeit für irgendeinen Gedanken an den Zustand ihrer Wohnung hatte oder in welchem Zustand sie selbst gerade war. Und Sonja? Sonja schien das alles sowieso nicht zu bemerken. Henriette hatte die Tür nicht einmal zur Gänze geöffnet, da schlüpfte sie auch schon mit zwei kleinen, raschen Schritten in Henriettes Wohnung, als ob sie nur darauf gewartet hätte, dass die Tür aufgeht und sie sich in Henriettes Wohnung retten könnte. Retten? Wovor?

    Henriette: Das ist aber eine Überraschung!
    Sonja: Ich habe doch gesagt, dass ich wiederkomme.

Henriette: Komm doch weiter.

Sonja: Und was ist das für ein Sack vor der Wohnung?

Henriette: Nichts, der gehört weggeworfen.

Sonja: Soll ich ihn später mitnehmen?

Henriette: Ja, das wäre nett.

Sonja: Schaut gut aus, die Küche! Da hast du eh selbst schon alles in Ordnung gebracht. Brauchst du mich überhaupt noch?

Henriette kriegt einen Schreck und tut so, als ob sie nichts gehört hätte.

Henriette: Alles in Ordnung bei dir? Henriette deutet vage in Sonjas Körpermitte.

Sonja greift sich auf den Bauch, der deutlich kleiner geworden ist.

Sonja: Das Baby meinst du? Die Kleine ist noch im Spital. Ich muss sowieso gleich wieder los, ich wollte mich nur kurz bei dir melden.

Sonja ist blass, sie hat dunkle Ringe unter den Augen und ihre Augen sind rot, als ob sie geweint hätte. Vielleicht ist sie aber auch nur sehr müde. Ihre Bewegungen sind fahrig, fast hätte sie die Colaflasche umgestoßen, als sie sich umständlich niedergesetzt hat.

Henriette: Oje, was Schlimmes mit der Kleinen?

Sonja: Nein, nicht wirklich, angeblich. Etwas mit der Lunge, die funktioniert noch nicht richtig. Sie ist einfach zu früh gekommen.

Henriette weiß nicht, was sie sagen soll. Oder anders: Henriette weiß sehr wohl, was sie sagen will. Das tut mir so leid mit der Kleinen, das wird ganz sicher bald gut werden mit der Lunge, sicher, die Medizin kann heute doch eh schon fast alles, kann ich irgendwas für dich tun, will Henriette sagen und sie möchte Sonja wie früher schon in die Arme nehmen und trösten, aber wahrscheinlich will Sonja keinen Trost, weil ja eh alles in Ordnung ist. Das Baby wird bald auch ohne Hilfe atmen können. Außerdem fällt Henriette jetzt ein, dass sie ungewaschen ist und dass es alles andere als tröstlich ist, an jemanden, der ekelhaft nach Schweiß riecht, gedrückt zu werden. Viel zu fest gedrückt zu werden, weil ja viel zu viel Henriette zwischen Henriette und Sonja liegt. Wahrscheinlich steigt Sonja bereits jetzt der Geruch in die Nase und da steht noch ein ganzer Tisch zwischen ihnen. Und helfen? Wobei sollte Sonja von Henriette Hilfe brauchen? Sonja von Henriette?

Henriette sagt also nur: Ach.

Sonja sagt: Ja.

Nach einer kleinen Pause, in der die beiden Frauen schweigend am Tisch sitzen und vor sich hin schauen, sagt Sonja: Jetzt muss ich aber. An der Wohnungstür dreht sie sich um und ruft ans andere Ende des Flurs, wo Henriette steht und ihr nachschaut: Danke und bis bald! Die Tür fällt so schnell ins Schloss, dass Henriette keine Zeit für eine Antwort bleibt.

HENRIETTE HAT ETWAS VOR

Obwohl Henriette die Vorhänge so langsam und vorsichtig zur Seite zieht, als ob sie vergessen hätte, wie das geht, sieht sie den Staub in der klaren Wintersonne tausendfach in der Luft herumtanzen. Auf und ab, wie soll sie den nur wieder einfangen. Sie öffnet das Fenster und drückt die Fensterflügel so weit auf, bis sie anstehen. Sie lehnt sich gegen die Fensterbank und steckt den Kopf ins Freie. Ganz weit. Die Fensterbank drückt in Henriettes Bauch, aber ein Stück weiter kann sie sich trotzdem noch hinauslehnen. Leichter Wind, dann ein etwas kräftigerer Windstoß, der Henriette in die Haare fährt. Wie luftig! Wie leicht! Am liebsten würde Henriette mit dem Windstoß weiterziehen, über die Baulücke hinweg, eine Ehrenrunde rund um den Kran und dann Richtung … Was für eine Richtung? Es wird kühl, Henriette dreht sich ins Zimmer zurück. Sie hat etwas vor.

Leggings, 1 Jogginghose, Nachthemden, 2 Kleider, sommerliche Hängekleider, verschiedene Tücher – Wann hat Henriette Tücher getragen? –, Unterhosen, Socken, etliche T-Shirts, 2 Decken, ein paar Kissen. Erstaunlich, was alles auf so einen Fauteuil passt. Henriette wirft die Wäsche aufs Bett, die beiden Decken faltet sie und legt sie zurück, hebt sie wieder auf. Faltet eine der beiden auseinander und legt sie wie einen Überwurf über die Rückenlehne und die Sitzfläche. Sie tritt einen Schritt zurück, schaut, zupft die Decke an einigen Stellen zurecht.

Sie faltet die 2. Decke zur Hälfte auseinander, hängt sie über eine Armlehne, tritt wieder einen Schritt zurück, schaut.

Nickt, setzt sich aufs Fußende vom Bett. Der Wäscheberg ist hoch, er reicht von Henriette bis fast zum Kopfende vom Bett. Sie zieht die Kissen aus dem Wäscheberg und wirft sie zu den anderen, oben am Bettende. Wie lang ist es her, dass Henriette ihre Wäsche gewaschen hat? Sie zieht sich das Nachthemd über die Knie. Bauch, Beine, Po, denkt Henriette, bei mir heißt das Kreuz, Beine, Füße. Dieses Nachthemd, das für die Jahreszeit eigentlich zu dünn und zu kurz ist, ist das letzte Kleidungsstück, das sie im Schrank hatte. Das letzte saubere Kleidungsstück. Das letzte saubere, in das Henriette hineinpasst. Wie soll sie den Wäscheberg ins Badezimmer bringen? Sie kann doch nicht 100 Mal hin und her gehen. Henriette erinnert sich an den Wäschekorb und dass er im Bad, irgendwo unter den Handtüchern, stehen müsste. Henriette ist sich so sicher, dass er irgendwo dort sein muss, dass sie ihn bereits deutlich vor Augen hat. Obwohl sie gerade einmal ein paar Minuten gerastet hat, steht sie auf. Ja, Henriette steht einfach auf. Sie steht auf, ohne dass sie Schwung genommen hat. Ohne Schwung zu nehmen und ohne vorher tief Luft zu holen ist Henriette einfach aufgestanden. Nur weil sie den Wäschekorb für ihren Schmutzwäscheberg bereits so deutlich vor sich gesehen hat, dass sie eine Entscheidung, einmal Einatmen, einmal Luftanhalten, einmal Schwungholen, einmal Aufrichten, einmal Warten, bis der Schwindel vergangen ist, einfach vergessen hat. Und den Weg vom Schlafzimmer ins Bad. Und das Wühlen in den schmutzstarren Handtüchern. Henriette ist einfach aufgestanden und ist ins Bad gegangen, um sich den Korb für ihre Schmutzwäsche zu holen. Wie das jeder, wie das jede andere auch getan hätte.

Im Bad riecht es muffig. Seit Sonjas Besuch riecht überhaupt die ganze Wohnung. Jedes Zimmer ein wenig anders, aber jedes unangenehm, sehr unangenehm. Ein Wunder ist das jetzt aber nicht, ganz und gar nicht, sagt Henriettes Mutter. Das Wunder ist, dass du es in so einem ekelhaften Saustall aushältst. Jahrelang aushältst. Die Mutter hat sich an Henriettes Fersen geheftet und redet wie üblich ohne Unterlass. Nicht einmal Richard Gere könnte diese Frau ertragen, und der ist Buddhist, denkt Henriette, während die Mutter vor sich hin klagt. Dass sie ihr Leben lang eine ordentliche und ebenso saubere Person gewesen sei, genau wie sie das von ihrer Mutter gelernt hätte. Dass es ihr eines der zahllosen Rätsel sei, die Henriette ihr aufgeben würde, wie es eine Frau wie sie zu einer so schlampigen, ja unsauberen Tochter gebracht hat. Sie müsse es nun endlich auch einmal ganz klar aussprechen: Henriette sei zu einem Messie verkommen. Sie solle sich doch umschauen, dabei vielleicht auch einmal in den Spiegel schauen und das wirklich: Ob Henriette sich nicht vor sich selbst grausen würde. Da dreht sich Henriette so plötzlich um, dass die Mutter erschrickt und eine Sekunde lang innehält. Henriette sagt, langsam und deutlich: Ja Mutter, so ist es. Ich grause mich vor mir selbst.

Immerhin lügt sie nicht, denkt Henriettes Mutter, und es fehlt nicht viel und sie dächte noch mehr. Sie dächte, dass Henriette ja doch ein gutes Kind sei. Zwar faul, schlampig, unsauber und auch noch entsetzlich übergewichtig, aber doch auch ein gutes Kind. Vielleicht hätte sich Henriette, die sich gerade zum Bullauge der Waschmaschine hinunterbückte und die Mutter beim Denken hören hätte können, überrascht umgedreht. Hat sie aber nicht. Henriette ist beschäftigt. Sie muss die Schmutzwäsche, die sich vor der Waschmaschine auftürmt, in die Waschmaschine stecken und den Rest beiseiteschieben. Irgendwo da unten müsste der Wäschekorb sein.

MARTIN, ACH JA MARTIN

Fast hätte Henriette die Zoom-Sitzung vergessen. Um genau zu sein: Henriette hat die Sitzung vergessen, Martin musste sie anrufen, um sie daran zu erinnern.

Wir haben heute doch einen Termin.

Um Gottes willen, das habe ich komplett vergessen. Bei mir ist grad so viel los. Tut mir total leid. So etwas Blödes.

Ist doch kein Verbrechen, kann doch jedem einmal passieren. Bis gleich dann.

Einen Moment noch, ich bin gleich so weit.

Das Ganze ist Henriette verdammt peinlich, ihr ist so etwas noch nie passiert, ihren Job hat sie immer perfekt gemacht. Schnell noch ins Bad, mit der Bürste durch die Haare, die leidigen Stirnfransen auf die Seite schieben. Die Fingerspitzen nass machen, die Augenwinkel auswischen. Als sie ihre Finger im Spiegel sieht, sieht Henriette, dass sie schön sind. Wirklich schön. Lang und schlank. Seidige Haut. Die Finger sind das Schönste an dir, Henny. Henriette spreizt ihre Finger: Stimmt, sie sind wirklich das Schönste an ihr. Du hast echte Klavierhände, Henny. Auf die musst du aufpassen. Und Henny hat aufgepasst. Wenn man solche Finger hat, dann muss man Klavier spielen und sonst nichts. Alles außer Klavierspielen ist eine Gefahr für deine Finger. Das ist nun einmal so. Da kann man nichts machen. Henny hat das verstanden. Henny war ein gutes Kind. Henny hat Klavier gespielt und sonst nichts. Schnell noch die Wangen reiben, bis sie etwas Farbe bekommen. T-Shirt-Kontrolle: keine Flecken, alles in Ordnung. Als sie am Laptop sitzt und versucht sich zu sammeln – Worum geht es heute eigentlich? Hätte sie etwas vorbereiten müssen? –, denkt sie, dass das alles in Wirklichkeit zu viel Aufregung für sie ist. Dass sie jetzt einmal eine Pause brauchen würde.

Eine richtige Pause. Oder gleich einen Urlaub. Mallorca vielleicht. Da wäre das Wetter auch schöner. Sonne. Meer. Ja, das wäre was.

Martin wirkt belustigt, was Henriette ignoriert. Sie ist genervt. Sie hat ihre Stunden gewissenhaft abgearbeitet, sie kann das auch beweisen, weil sie auch ihre Exceltabelle mit den Stundenaufzeichnungen gewissenhaft führt, sie hat sich durch Rechnungen, Belege, Aufträge, Auszüge und Buchungen gekämpft und wie immer Ordnung in alles gebracht. Ein jedes sitzt an der richtigen Stelle. Nur sie selbst ist nicht an der richtigen Stelle gesessen. Zur richtigen Zeit ist sie am falschen Ort gewesen und das ist ihr noch nie passiert und wenn das jetzt auch noch anfängt, dann wird es wirklich mühsam. Grindig. Aber echt. Du lieber Mann, mir reicht es schön langsam, denkt sie. Was reicht Henriette? Was reicht an Henriette heran? Nur Henriette reicht an Henriette. Ist es nicht so?

Henriette kann sich nicht auf das konzentrieren, was Martin sagt. Aber sie sieht, wie sich sein Mund bewegt. Sie sieht, wie sich seine Lippen bewegen. Wie sich seine Mundwinkel heben und senken. Sie sieht, wie seine Augen immer wieder nach unten zu seiner Liste wandern und dann wieder zurück zum Bildschirm, zu ihr. Kaktusgrün sind sie heute. Geschäftiges Kaktusgrün. Sie sieht, dass er einen Kugelschreiber in der Hand hält, sie kann sogar erkennen, dass es einer von Lamy ist. Schau, schau, denkt sie. Sie sieht, dass Martin heute einen Pullover trägt, zum ersten Mal. Es ist ein grüner Pullover, grob gestrickt. V-Ausschnitt. Drunter trägt er das verblichene rosa Poloshirt, das Henriette schon kennt. Es ist wirklich kalt geworden. Ab und zu greift er sich an die Schulter. Als der Ton eines Folgetonhorns zu hören ist, zuckt er zusammen.

Du musst das Fenster zumachen, sagt Henriette.

Bitte was? Was für ein Fenster?

Dein Fenster. Zumachen. Wegen dem Lärm.

Was für ein Lärm?

Die Rettung, hast du die nicht gehört?

Was für eine Rettung?

Die, die grad vorbeigefahren ist.

Ich habe nichts gehört, ich bin da nicht so empfindlich. Machen wir weiter?

Ja doch, sicher.

REGEN

Der Spielplatz ist leer, Henriette würde ohnehin kaum mehr als schemenhafte Figuren erkennen, der Regen ist zu stark. Wie ein grauer Vorhang hängt er vor dem Küchenfenster, das in ihre Wohnung zu starren scheint: Kalt, leer, teilnahmslos, am liebsten würde Henriette sofort in ihr Bett verschwinden. Decke bis zum Kinn und den Fernseher einschalten.

Tonstärke: laut, sehr laut, um den Regen zu übertönen.

Es ist einer dieser Tage, die so heftig nach innen weinen, dass sich alles andere erübrigt. Komplett erübrigt, denkt Henriette, und trotzdem steht sie am Fenster und beobachtet, wie aus den Tropfen Rinnsale werden. Wie sich die Rinnsale langsam vereinigen, größer und schneller werden, sich erneut vereinigen und ab einem gewissen Zeitpunkt, als ob sie sich *Jetzt oder nie* gesagt hätten, in einem einzigen Schwall zum Fensterrahmen hinunterrutschen. Sich widerstandslos fallen lassen und weiter noch: über den Rahmen hinaus fallen lassen. Wie sie sich auf dem Fensterblech zu einer Aquaplaning-Ebene vereinen, weiter abrutschen. Wie sie aus Henriettes Sichtfeld kippen. Zur Straße hinunter. An Sonjas Fenster vorbei und weiter hinunter. In der Hoffnung, in den Grünstreifen zu fallen, der Aufprall wäre weniger schmerzhaft, und dann? Dann wird sich die Erde auftun und jeden einzelnen Regentropfen auf Nimmerwiedersehen inhalieren. Gierig, es hat in diesem Jahr ja viel zu wenig geregnet. Henriette ist mit der Nase an die Scheibe gestoßen. Kalt ist sie und hauchdünn beschlagen, sie sollte die Heizung einschalten. Die Nase hat einen runden Abdruck hinterlassen.

Henriette wischt mit dem Unterarm über das feuchte Fenster. Ein Arm wie ein Scheibenwischer, denkt sie. Und vorne dran Klavierfinger. Klavier.

Henriette trocknet den Arm mit einem herumliegenden Geschirrtuch. Sie hat Lust auf Klavier. Sie hat Lust auf Klimpern, auf Einfach-Drauflosspielen. Finger, die wie Wassertropfen auf die Tasten fallen. Was heißt fallen. Donnern! Händel, Wassermusik. Henriette hat keine Noten und es fehlt ihr an Übung. Henriette hätte Lust auf Noten, hätte Lust auf Übung. Sie setzt sich an den Laptop: Youtube, Händel. Wassermusik, Feuerwerksmusik. Nein, lieber Smetana, Moldau. Wie schön.

Henriette schließt die Augen. Henriette vergisst. Henriette sehnt, fürchtet, tänzelt, fließt und fliegt mit den Tönen fort. Weint Regentropfen. So leicht. So leicht geht alles.

MARGARETE

Kindbettdepression, sagt Sonja und legt das Kind auf dem Küchentisch ab wie einen zu schwer beladenen Einkaufskorb. Das hatte ich bei den anderen nie. Aber die Kleine ist so anders. Das hat mich voll erwischt.

Sonja hat sich niedergesetzt. Blass, die Schultern hängen kraftlos nach unten, ihre Stimme klingt monoton, als hätte sie jeden Satz, den sie sagt, auswendig gelernt.

Henriette sucht das Gesicht des Kindes zwischen den vielen Decken, in die es eingewickelt ist.

Ich mache das immer so. Frühchen sind ja so empfindlich. Nicht, dass sie mir auch noch krank wird. Ich trage sie auch immer direkt an mir. Kein Maxi-Cosi. Sie soll sich an meinen Herzschlag erinnern. Dass sie ruhiger wird.

Vorsichtig drückt Henriette den vielen Stoff beiseite. Das Kind hat die Augen geschlossen, es schläft.

So friedlich liegt sie da.

Ja, jetzt schläft sie. Dafür ist sie die halbe Nacht wach und wenn sie endlich schläft, greint sie weiter vor sich hin. Eh ein Wunder, dass sie so jetzt ruhig ist. Sie ist so anders als meine anderen drei. Die haben wie Steine so fest geschlafen. Sie ist halt ein Kaiserschnittkind.

Frühchen und Kaiserschnittkind.

Henriette bekommt Mitleid mit dem schlafenden Baby. So hell, weich wie Seide und so unschuldig liegt es auf ihrem Küchentisch. Henriette ist froh, dass sie den Tisch, ja dass sie die ganze Küche in Ordnung hat. Einigermaßen in Ordnung, sagt

Henriettes Mutter. Wir wollen doch nicht gleich übertreiben. Doch Mutter, sagt Henriette, ich will übertreiben.

Meine Küche ist nicht nur in Ordnung, sie ist ein Schmuckkästchen. Ein exquisiter Schmuckkästchenort mit einem Schmuckkästchentisch, auf dem ein Kind, weich wie Seide, liegt. Die Mutter: Du lieber Himmel, bleib doch bitte auf dem Boden. Henriette: Auf dem Küchenboden? Kleben bleiben auf dem Küchenboden ist nicht mehr. Ich habe ihn gewischt. Hör genau hin: Ich habe ihn gewischt. Ich habe einen Kübel mit heißem Wasser gefüllt, Allzweckreiniger dazugeschüttet, gleich 2 volle Kappen, habe den Wischfetzen um den Besen gewickelt und dann, ja dann habe ich den Küchenboden gewischt. Die Mutter nickt, sie hat es gesehen. Überzeugt wirkt sie nicht.

Wie heißt die Kleine eigentlich?

Margarete.

Margarete?

Ja, nach meiner Großmutter. Und wie die Königin von Dänemark, nur ohne h. Sonja lacht kurz, lacht freudlos auf. Wir halten nämlich was auf uns.

Henriette ist irritiert, so hat sie Sonja noch nicht erlebt. So hart.

Tut die Narbe noch weh?

Ja, heben und bücken, das tut immer noch weh.

Und er?, fragt Henriette und zeigt auf den Boden, zeigt bis hinunter in Sonjas Wohnung.

Er?

Ja, dein Mann.

Der kümmert sich um die anderen 3.

Da hast du ja Glück, sagt Henriette.

Wie man's nimmt, sagt Sonja und verschließt ihr Gesicht. Erschöpft. Wie das so ist bei einer Depression, denkt Henriette. Man verliert sich in seinen Gedanken, steckt mit einem Mal in seinen Gedanken fest. Henriette kennt das. Sie überlegt, was sie noch sagen könnte.

Das geht vorbei, sagt sie schließlich.

Was geht vorbei? Ein Kind geht nie vorbei, sagt Sonja und klingt bitter.

Ich weiß, sagt Henriette.

HENRIETTE UND 195 TATSACHEN

Henriette will auf dem Boden bleiben. Natürlich muss Henriette, muss gerade eine wie Henriette sowieso auf dem Boden bleiben. Wer oder was sollte 195 Kilo in die Höhe bekommen. Also so richtig in die Höhe, dorthin, wo es leicht und luftig ist. Wo die Träume umherziehen. Denn Träume hätte Henriette natürlich schon. Die wiegen schließlich nichts und deshalb sind sie wie die Gedanken frei, denkt Henriette. Die tun nur so, als ob sie frei wären, die Mutter ist so leise in die Wohnung gekommen, dass Henriette sie nicht gehört hat. In Wirklichkeit sind sie in deinem Kopf eingesperrt und du gleich mit. Die Mutter ist heute wieder einmal besonders laut gewesen. Henriette hätte es auffallen und sie hätte vorsichtig werden müssen, als es plötzlich so ruhig geworden ist, dann hätte die Mutter sie nicht überraschen können.

Henriette weiß: Je zufriedener die Mutter ist, umso unauffälliger ist sie, und plötzlich ist sie dann einfach da. Jetzt ist sie ganz besonders zufrieden. Befriedet. Befriedigt, denkt Henriette. Der Witwer muss echt was draufhaben, denkt sie und versucht sich zu erinnern, wie er aussieht. Der Mutter sind Henriettes Gedanken gleichgültig. Sie gehen sie nichts an und ihre Gedanken sind im Gegensatz zu Henriettes Gedanken schließlich frei, denkt die Mutter und schaut triumphierend drein. Wie blöd! Und Henriette? Henriette muss die Mutter aus dem Kopf kriegen und über der Mutter den Witwer, wie er sich abmüht. Diese Mutter ist eine Zumutung, denkt Henriette. Wie soll ich da auch nur ein Bein auf den Boden bekommen. Nichts wäre ihr lieber.

Was es wiegt, das hat es und aus, würde Henriette sagen. Tatsachen würde sie schaffen. Durch die Welt würde sie spazieren und dahin zeigen und dorthin zeigen und sagen: Du bist eine Tatsache und du bist eine Tatsache, und alles, auf das sie gezeigt hätte, wäre dann eine Tatsache. Als ob ihr Zeigefinger ein Zauberstab wäre. Dabei hat Henriette bereits jede Menge Tatsachen. 195 Tatsachen hat Henriette, das müsste doch verdammt noch einmal reichen, oder bekommt sie den Hals einfach nicht voll, wie die Mutter immer wieder behauptet. Doch, 195 Tatsachen müssten sehr wohl für einen Plan reichen, einen 195-Tatsachenplan zum Beispiel. Und dann. Henriette könnte jede Woche 1 Tatsache verlieren. Und am Ende? Am Ende wäre Henriette so leicht wie ihre Träume und das ist das Problem: Henriette will nämlich nicht so leicht wie ihre Träume sein. Sie könnte dann nicht einmal mehr aus dem Fenster schauen, der Wind risse sie sofort mit sich, da könnte sie 100 Mal schreien: Ich will meine Beine doch auf den Boden bekommen!, er risse sie mit sich bis in die Weinberge am Rand der Stadt und ließe sie fallen, wenn er keine Lust mehr hätte, wie ein Derwisch mit ihr über die Häuser zu ziehen. Henriette aber schlüge womöglich mitten in den aufgebrochenen Erdschollen auf, direkt im Schoß des Beamten, leitende Position, und die Mutter würde schon den Blumenschmuck bestellen. Für die Hochzeit natürlich. Tu den weg, würde sie sagen und Henriettes Zeigefinger in den Handteller drücken. Wir brauchen jetzt den hier, würde sie sagen und Henriettes Ringfinger nach oben ziehen.

Dann lieber Tatsachen: 1 leere und 1 angebrochene Keksschachtel, 2, nein 3 ausgelöffelte Puddingschalen, Familiengröße, Papier von Müsli- und Kraftriegeln. Einzelne Erdnüsse, die letzten, die Packung ist leer, Schokoladepapier. Nuss und Nougat. Chips. 1 leere Colaflasche und gerade öffnet Henriette noch 1 Packung Eistee. Sie überlegt, ob sie es wieder einmal mit Kotzen versuchen sollte, aber sie ist bereits zu schwer dafür. Zu müde. Und dann noch das Bücken über die Kloschüssel. Nein. Es ist egal, denkt sie. Weil alles egal ist. Da muss sie nicht auch noch kotzen. Weil ihr das Heraufwürgen und der Geschmack der Kotze genau nicht egal sind. Henriette gießt sich Eistee in ein Glas und sagt zur Mutter, dass ihre Gedanken sehr wohl frei wären, wenn sie nur nicht in ihrem depperten Kopf festhängen würden. Aber das gehe die Mutter einen Dreck an. Mit der letzten Kraft sagt sie das, weil dann der Kalorienschock einsetzt und da muss Henriette schauen, dass sie ins Bett kommt. Nur schnell noch nach der Eisteepackung greifen, denn wenn sie aufwacht, wird sie einen entsetzlichen Durst haben.

SO IST DAS JETZT

Martin bewegt den Arm immer noch langsam. Er war beim Arzt, dann ein paar Tage im Spital. Irgendwas mit der Schulter. Mit dem Gelenk. Henriette verfolgt seine Bewegungen. Endlich hat er seine Liste vor sich liegen.

Zum MRT muss ich auch noch. Als ob das helfen würde.

Wer weiß?

Die Schmerzen werde ich nicht mehr los. Sind wie ein Vermächtnis. Martin lacht.

Ein Kindheitsvermächtnis, sagt Henriette und dann fügt sie hinzu: Was kann ein MRT schon gegen ein Kindheitsvermächtnis ausrichten.

Die Ärzte wollen es einfach immer ganz genau wissen.

Oder die Mütter.

Die Mütter?

Meine Mutter. Die hat alles immer ganz genau wissen wollen. Am liebsten hätte sie mich jeden Abend zerlegt. In Scheiben zerlegt wie so ein MRT.

Martin lacht: Du hast vielleicht Ideen.

Henriette lacht: Ja, ich habe vielleicht Ideen!

Martin hat heute wiesengrüne Augen und die Margerite in Henriettes Herzkammer hat ein Lächeln im Gesicht.

Und du?

Was ich?

Deine Mutter?

Meine Mutter? Die hat's auch können, das kannst du mir glauben.

Ich glaub dir eh alles.

Der Margerite in Henriettes Herzkammer wird's eng. Das Herz braucht jetzt seinen Platz für sich allein. Hau ab, sagt das Herz zur Margerite, hau ab auf die Wiese, wo du hingehörst.

Echt alles? Das ist ja eine Ehre!

Tatsächlich ist das eine Ehre, eine seltene Ehre, so selten, dass sie vielleicht nicht wahr ist. Aber fast und Henriette hat mehr gesagt, als sie je zu einem Mann gesagt hat. Viel war das damals mit U-80 sowieso nicht und geglaubt hat sie kein Wort. Niemandem. So war das mit Henriette, und jetzt?

Martin lächelt in den Bildschirm, Henriette lächelt in den Bildschirm. So ist das jetzt.

Wer fängt an?

Ich nicht, sagt Henriette.

Dann muss ich wohl, sagt Martin und greift nach dem Kugelschreiber. Hast du schon überlegt, wegen dem Büro? Wenigstens 1 Mal die Woche?

Nein, hab ich nicht.

Lass dir nicht zu viel Zeit. Ich würde dich vermissen.

Nein, Henriette hat sich nicht verhört. Auch wenn sie am Abend diese Minuten noch 100 Mal durchgeht, wie einen Film immer wieder abspielt: Sie hat sich nicht verhört. Martin würde Henriette vermissen. So ist das jetzt.

HENRIETTE WIRD SICH ETWAS KOCHEN

Die Wäsche ist trocken, sie hängt schon seit Tagen im Wohnzimmer. Die Leggings und die T-Shirts musste sie falten und eng zusammenschieben, anders hätten sie nicht auf den Wäscheständer gepasst. Zu groß. Viel zu groß. Als ob es Vorhänge wären, denkt Henriette. Oder Zeltplanen. Oder Fallschirme. Oder gleich Stoffbahnen. Henriette will die Wäsche nicht herunternehmen, sie will nichts davon anziehen, am liebsten würde Henriette die Wäsche nicht einmal sehen. Am liebsten hätte Henriette nämlich ganz andere Sachen in einer ganz anderen Größe auf dem Kleiderständer hängen gehabt, 38 vielleicht, oder auch 40. Hosen, Jacken, Röcke und Blusen hingen dann schon längst farblich geordnet auf der Kleiderstange im Schrank. Der Rest läge sorgfältig übereinandergelegt in den Fächern und Henriette stünde jeden Morgen vor den geöffneten Schranktüren. Sie würde überlegen, was sie heute anziehen könnte, welche Bluse zu welchem Rock, welches T-Shirt, welches Sweatshirt zu welcher Hose oder braucht man schon einen Pullover? Ein Tuch dazu oder eine Kette? Passende Schuhe? Tasche? Was hat sie heute für Termine? Als Chefbuchhalterin mit Prokura hätte sie schließlich jeden Tag mindestens eine Besprechung. Neben dem Bett lägen ein paar Frauenzeitschriften, Henriette wüsste genau, welche Muster, Farben, Stoffe, Schnitte, was sie gerade im Schrank haben müsste. Und sie hätte von allem etwas. Sie hätte auch eine richtige Frisur, auch wenn man das gerade nicht sehen könnte, weil die Haare noch nass wären, sie ist ja gerade erst aus der Dusche gekommen. Ihre Haut wäre samtweich, letzte Woche erst wäre sie bei der Kosmetikerin gewesen, und sie würde das neue Parfum heute zum ersten Mal verwenden, weil der neue Personalchef heute seinen ersten Tag hat. Und man weiß ja nie.

Henriette greift nach einem T-Shirt, wie verwaschen, wie zerknittert es ist, und zieht es über den Kopf. Sie fährt in die Armlöcher, streift es über den Bauch. Auch wenn sie den Stoff ein paarmal auseinander- und nach unten zieht, ändert das nichts: Das T-Shirt liegt an Henriette wie eine zweite, wie eine zu eng geschneiderte Haut. Sie zieht es wieder aus, nimmt ein anderes. Es ist genauso verwaschen, ausgebeult, verzogen und zerknittert wie das vorige, viel mehr ein Putzfetzen als ein T-Shirt, aber es ist eine Nummer größer und weiter geschnitten, und während Henriette es sich überzieht, reicht es ihr plötzlich. Ohne jede Vorankündigung, ohne eine einzige Vorwarnung, ohne einen Plan gefasst oder auch nur einen Gedanken, der darauf hingedeutet hätte, gehabt zu haben, denkt Henriette, dass es ihr jetzt reicht. Es reicht, sagt sie. Sie sagt es nicht besonders laut, aber bestimmt. Sehr bestimmt. Es klingt fast wie ein Befehl.

Die Mutter will sie nachäffen – Es reicht, es reicht! Als ob es nicht schon längst gereicht hätte, seit Jahren schon, und als ob sie das nicht schon 100 Mal und öfter gesagt hätte –, doch Henriette lässt sie nicht zu Wort kommen, sie wiederholt: Mutter, es reicht. Der Mutter verschlägt es die Rede, sie kann nur noch schauen. Zweifelnd, als ob sie nicht glauben könnte, was sie gerade gehört hat. Und dann noch der Ton! Henriette nützt den Moment: Mutter, es ist genug. Es ist schon lang genug. Seit Jahren schon. Immer schon. Es war von Anfang an genug. Dann geht sie – Kann es sein, dass ihre Schritte fester sind? Dass sie aufrechter geht? – in die Küche.

Henriette wird etwas kochen. Sie wird etwas kochen, etwas, das sie gerne isst. Sie wird Palatschinken machen. 5 Stück. 5 ist gut. 5 ist eine gute Zahl. Ist eine ungerade Zahl, wie für einen Blumenstrauß. Ist nicht zu viel und nicht zu wenig. 5 Stück werden Henriette genügen. Sie muss nur noch schnell bestellen: frische Milch, Eier, Mehl, Butter, Marillenmarmelade, Staubzucker. Die Mutter schüttelt den Kopf: Kind, so wird das nie etwas werden. Doch kein Zucker. Doch kein Fett. Gemüse, mageres Fleisch. Und viel Wasser trinken, dass dir der Magen voll wird. Henriette hört sie nicht, sie sitzt schon am Laptop und bestellt, express, die Lieferung kommt in maximal 1 Stunde. Dann wird sie Milch, Ei und Mehl verrühren, die Pfanne auf den Herd stellen. Butter erhitzen. Den Teig ins heiße Fett laufen lassen.

Henriettes Mutter sitzt bei ihren Freundinnen im Kaffeehaus und wartet ab. Dem Kind ist schließlich schon viel eingefallen.

WIE HENRIETTES MUTTER GESTORBEN IST

Manchmal versucht Henriette sich zu erinnern, wie ihre Mutter gestorben ist. War es der Autounfall oder ist sie eines Tages mit Schaum vor dem Mund auf dem Küchenboden gelegen. Vergiftet. Oder hat die Wohnung gebrannt und man hat ihre Überreste – ja, Überreste – verkohlt auf der Couch gefunden.

Sie war schon tot, als sie ins Feuer gekommen ist, sagt die Sprecherin. Die Lunge war nicht schwarz genug für eine, die lebendig verbrannt ist.

Ihr Herz aber war schwarz. Komplett schwarz, durch und durch verkohlt, als hätte der Leibhaftige sie direkt dorthin geküsst, wo anderen ein blutig rotes Herz schlägt. Mir zum Beispiel, denkt Henriette.

Oder jemand hat sie vom Balkon geschubst, beiläufig, weil ihm gerade danach war, oder aber mit aller Kraft gestoßen: Lebendig kommst mir hier nicht weg! Du nicht und sonst auch keiner. Aber du zuerst!

Oder sie hatte eines Morgens Drogen im Kaffee, wie die SPUSI ohne gröbere Anstrengung herausfand, weswegen das kleine Menschlein Mutter sich allmächtig wähnte, auf die Balkonbrüstung stieg und sprang. Unten auf der Straße, wie es nun einmal ist, wenn man vom Balkon springt: aufschlug und bitterlich zerschellte. Oder es hat sie jemand um Einlass gebeten, ein fescher Kerl natürlich, viel zu jung für sie. Zu jung und zu fesch und überhaupt und natürlich wird die Mutter die Tür und auch sonst gleich alles erst recht weit aufgemacht haben. Auch ihr Geldbörsel. Ein gezielter Stich mit dem Küchenmesser und das war es dann. Hätte sie den jungen Mann, ihr Sohn hätte er sein können!, doch lieber nicht auch noch in die Küche gebeten und ihm die Gurkerl für den Schinken-Käse-Toast nicht mit dem ganz scharfen Messer in dünne Scheiben geschnitten.

Oder aber ein Motorradfahrer wollte ihr im Vorbeifahren ihre Handtasche wegreißen, wo sie natürlich nicht lockergelassen hat. Lockerlassen, das war nie ihr Ding. Einmal festgekrallt ist für immer festgekrallt, bis zur bitteren Neige. Und die hat sie dann auch auskosten dürfen: Mitgeschleift wurde sie, bis die Riemen der Handtasche gerissen sind. Im Straßengraben ist sie dann gelegen, die Tasche an die Brust gedrückt. Mit ihren letzten Kräften. Vielleicht im Triumph: Noch im Tod hat sie gesiegt.

Oder aber sie ist von hinten angefallen worden von einem, der ihr ein mit Chloroform getränktes Tuch auf Mund und Nase drückte. Da hat sie dann ihr ganzes Sein verlassen – als ob sie aus der Haut gefahren wäre, denkt Henriette –, und schließlich ist sie in den Armen des Entführers zusammengesunken. Als malerischer Rest, möglicherweise. Posen hat die Mutter immer geliebt. Posen und große Auftritte, das hat sie im Blut gehabt, dafür hat sie kein Bewusstsein gebraucht. Zusammengesunken ist sie also in den Armen des Entführers. Doch nicht aus Liebe, aus Habgier ist sie, die elegante Dame aus dem dritten Stock, entführt worden. Und sogar das war ein Irrtum, denn außer dem Klavier hat es bei ihnen nichts zu holen gegeben. Und am Klavier saß Henriette und übte und übte und übte. Die Mutter ist dann unter einer Brücke gefunden worden, sogar im Tod hat sie noch ungläubig dreingeschaut. Dass sie eines Tages einmal entführt und dann sogar noch getötet werden würde, erwürgt, um genau zu sein, damit hat sie nicht gerechnet.

Natürlich war es ein Autounfall. Ein Crash ohne klar zu erkennenden Verursacher, so die Versicherung. So hat ein jeder seinen Teil der Schuld zu tragen bekommen, die Mutter den Tod und der Unfallgegner einen Rollstuhl. Henriette findet, dass es die Mutter besser getroffen hat. Nie im Leben hätte sie das ertragen, denkt Henriette auch heute noch. Ein Leben, wo immer jemand anderer schieben muss, das ist doch kein Leben. Kein Leben für eine wie ihre Mutter. Kein Leben für eine wie Henriette. Und doch ein Leben für einen wie den Unfallgegner. Ein Mann um die 40. 2 Kinder. 1 Frau. Henriette hat ihn später einmal im Fernsehen gesehen. Rollstuhlsport. Volleyball. Beeindruckend, findet Henriette, für die das keine Option ist. Solche Rollstühle müssten erst gebaut werden, dass eine wie Henriette drin Volleyball spielen könnte. Und selbst dann. Rollstuhl ist etwas für Unfallgegner, die überlebt haben, denkt Henriette. Nicht für Hinterbliebene, die nicht einmal dabei gewesen sind.

UND MARTIN?

Bist du verliebt?

Sonja wartet so angespannt auf die Antwort, dass es Henriette direkt unangenehm ist und sie erst recht lang und besonders genau darüber nachdenken muss, was sie sagen wird. Sie will nicht versehentlich lügen. Sie will auch nicht versehentlich etwas verschweigen. Sie will nichts vergessen und nichts dazuerfinden.

Ist das so eine schwere Frage? Sonja wartet immer noch.

Ja, doch.

Also verliebt, sagt Sonja und sie sagt es zufrieden. Als ob sie recht gehabt hätte. Recht gehabt hätte womit?

Nein, nicht wirklich.

Also unwirklich. Mehr wie ein Traum?

Sonja lacht, offenkundig findet sie das alles ziemlich lustig. Henriette findet es nicht lustig, Henriette findet, dass Martin ein schweres Thema ist. Bald noch schwerer als 195 Kilo.

Er erinnert mich daran, wer ich bin, sagt sie schließlich. Auch dass ich eine Frau bin. Zögernd sagt sie das, denn gern sagt sie das nicht. Aber Henriette will eben alles richtig machen mit Sonja. Sonja ist ihr das wert. Deshalb denkt sie noch weiter nach und sagt nach einer Weile, dass sie vor ein paar Tagen sogar Bauchschmerzen hatte wie ganz früher, als sie noch die Regel gehabt hat.

Okay, doch kein Traum! Zumindest kein guter! Sonja lacht noch mehr als vorher. Das Kind, das Frühchen, das sie nun ständig mit sich herumschleppt, schaukelt in ihren Armen.

Für Bauchweh brauche ich echt keinen Mann, Sonja kriegt sich fast nicht mehr ein. Das krieg ich ganz alleine hin. Hast du Milch zu Hause? 1 Glas reicht!

Echt?

Ja, Laktoseintoleranz. Und du: Männerintoleranz?

Möchte man meinen, sagt Henriette. Ist aber nicht so. Ist nicht so gewesen und sollte so auch nicht sein.

Was ist nun mit Martin?

Was soll sein. Er ist ein Arbeitskollege.

Und sonst?

Sonst? Sonst nichts. Fast nichts.

Henriette kann Sonja nicht erzählen, dass es Tage gibt, an denen sie alles über Martin weiß. An diesen Tagen kennt Henriette Martins Geschichte bis in die hintersten Winkel seiner Erinnerungen. Martins Geschichte stürzt ihr an diesen Tagen direkt entgegen. Und dann gibt es Tage, da weiß Henriette nicht einmal, wie er aussieht. Da weiß sie zwar, dass er grüne Augen hat, aber sie weiß das nicht wirklich. Da kennt Henriette zwar die Worte, die sich über Martin sagen lassen, aber sie sieht nichts dabei. Nichts und schon gar nichts von Martin. Kein Stück. Als ob er mit dem Bildschirm verschmolzen wäre, als ob seine Gesichtszüge nur ein Spiel von Spiegelungen und Verzerrungen wären. Als ob das Grün seiner Augen allein in Henriettes Kopf erfunden, Henriette denkt: geboren worden wäre. Als ob es Martin in Wirklichkeit gar nicht gäbe. Oder Henriette. Wer weiß, denkt sie, ich könnte genauso gut seine Erfindung sein, und das kann sie beim besten Willen niemandem erzählen. Nicht einmal Sonja.

Und dann ist da zum Glück dieses Kind, dieses Frühchen, das Sonja nun ständig bei sich hat. Es ist aufgewacht und weint leise vor sich hin. Langsam und vorsichtig darauf bedacht, den Blick nicht von dem verschwitzten kleinen Kopf zu wenden, als würde das Kindchen verschwinden, wenn sie es nur einen Augenblick aus den Augen ließe, steht Sonja auf. Die kleine Margarete an die Brust gedrückt geht sie mit wippenden Schritten in der Küche auf und ab. Erst als das Weinen verstummt, hebt sie den Kopf wieder zu Henriette.

Sie schläft jetzt, flüstert sie, und selbst dem Flüstern ist anzumerken, dass es auf der ganzen Welt jetzt nichts Wichtigeres gibt als das kleine Kind und dass es nicht mehr weint. Dass es schläft und dass es beim nächsten Aufwachen gestillt werden wird. Wenn nur alles so klar, so zweifelsfrei, so eindeutig wäre wie diese Liebe, denkt Henriette, als sie hinter Sonja die Tür schließt.

EIN DUNKLER MORGEN

Der Tisch ist so vollgeräumt – Laptop, Drucker, Notizzettel, Taschenrechner, ausgedruckte Seiten, Post-its, Druckerpapier, Kaffeehäferl mit eingetrocknetem Bodensatz, ein paar Bücher und Broschüren, leere Teller und Schüsseln, Gläser –, dass von der Tischplatte kaum mehr etwas zu sehen ist. Über den Sesseln hängen Kleidungsstücke und auf den Sitzflächen stehen Taschen, Sackerln, irgendwelche Kisten, zusammengeknülltes Packpapier. Nur der Sessel, auf dem Henriette beim Arbeiten sitzt, ist leer. Auf dem Boden darunter liegen Brotbrösel und andere Essensreste. Im Eck steht der Wäscheständer, niemand hat ihn zusammengeklappt und dieser Niemand bin ich, denkt Henriette. Als ob nicht ohnehin schon jede Bewegung deprimierend genug wäre. Die Nacht hängt noch schwerer an ihr, als sie es je zu werden vermag. Sie hängt an ihrem Fleisch. Sie hängt in ihrem Kopf. Henriette findet einfach keinen Platz für den Tag. Alles ist zum Platzen voll mit diesem Überdruss, wieder liegen so viele Stunden vor ihr. Jeden Tag aufs Neue. Irgendwie muss Henriette ihre 195 Kilo auch heute über den Tag bekommen, ohne dabei von ihnen erdrückt zu werden oder sich alle Knochen oder überhaupt gleich das Genick zu brechen. Oder alles zusammen. Ein multipler Tod wäre das, denkt Henriette und dass sie damit die Mutter um Längen schlagen würde. Dieses Wohnzimmer ist ein Drecksloch, denkt Henriette, als sie schon fast in der Küche ist, und dann denkt sie zu ihrer eigenen Überraschung, dass sie gern neue Möbel hätte. Neue Möbel?

Das Kaffeehäferl in der Hand steht Henriette am Fenster. Sie wartet auf Sonja und da ist sie auch schon. Henriette erkennt sie an ihrem Gang und an ihren Kindern und sie kommt ja auch immer um dieselbe Zeit aus dem Haus. Henriette stellt sich neuerdings extra den Wecker, um sie und die Kinder nicht zu versäumen. Es ist noch dunkel, nur rund um die Straßenlaternen stehen neblig-diffuse Lichtinseln in der Luft. Die Menschen hanteln sich von einer Insel zur anderen. Zwei Kinder hat Sonja an der Hand, das dritte, es muss Jakob sein, hüpft wie ein Gummiball um sie herum. Und das um diese Uhrzeit, denkt Henriette. Das neue Kind, das Frühchen, trägt Sonja warm unterm Mantel verborgen. Henriette meint, die Wölbung im Mantel zu erkennen, und sie geht auch so, als ob sie noch schwanger wäre. Den Bauch überdeutlich vorgeschoben. Es ist ziemlich kalt geworden in den vergangenen Tagen. Auf der Fensterscheibe schlägt sich wie immer Henriettes warmer Atem nieder. Sie wischt über die Scheibe. Gleich wird Sonjas kleine Gruppe verschwunden sein. Plötzlich dreht sich eines der Kinder um und schaut zum Haus zurück, es ist Jakob. Er winkt zu Henriette hinauf. Ohne jeden Zweifel, der kleine Kerl winkt Henriette tatsächlich zu und Henriette winkt automatisch zurück. Als ob sie nicht aufhören könnten, winken sie, abwechselnd, einander immer wieder zu, bis Jakob schließlich abgebogen und mitsamt seiner Mutter und seinen Geschwistern verschwunden ist. Der Kleine weiß schon jetzt, wie's geht, denkt Henriette, als sie sich zwei Scheiben Brot in den Toaster steckt. Hoffentlich gerät er nicht nach seinem Vater. Sonja hat ihr alles erzählt. Ein Fremdgänger ist der. Und einer, der ausflippt, wenn man ihm auf die Schliche kommt.

DER ANFANG VOM ANFANG

Zuerst hört sie das lästige Dauerpiepsen eines rückwärtsfahrenden Lastwagens, dann – wieder und wieder – das ebenso lästige Aufbrummen eines Dieselmotors. Als Henriette aufsteht und aus dem Fenster schaut, kann sie den Umzugswagen auch sehen. Der Lärm hat aufgehört, der Lastwagen parkt jetzt gegenüber vom Hauseingang. Seine Türen sind bereits geöffnet, die Laderampe ist abgesenkt, ein ganzer Hausstand quillt wie ein nicht enden wollender Strom auf die Straße. In Plastikfolien eingewickelte Kästchen und Schränke, Lampen, Blumenstöcke, eine Waschmaschine, Körbe, zwei Schreibtische, ein Esstisch und einige Sessel, ein großer Spiegel ist auch dabei und Schachteln über Schachteln.

Umzugskartons, bessert sich Henriette aus. Sie hat beschlossen, ihre Zukunft in die Hände zu nehmen, und seither achtet sie auf Exaktheit. Keine Ausflüchte mehr, hat sie sich gesagt, wir nennen jetzt jede Sache exakt bei ihrem Namen. Exaktheit ist der Anfang vom Anfang, hat sie gedacht, und Mutter, hat sie gedacht, Ach Mutter, und Wo ist der Vater, hat sie gedacht. Wo ist er geblieben, hat sie gedacht. Und Liebe, hat sie gedacht, ja: Liebe, und Wer deckt mich zu, wenn ich friere, hat sie gedacht. Und Raus aus dem Mund mit der ganzen Scheiße, hat sie gedacht und Das Leben endlich hinein in meine Hand, hat sie gedacht und dann hat Henriette den Bissen, den sie grad im Mund hatte, ausgespuckt.

(Ein halber Marsriegel fällt ihr da aus dem Mund. Sie drückt ihren Daumen in die Schokoladeschicht. Die knackt laut auf und zerbricht in unregelmäßig gezackte Schollen. Als ob sie nicht aus handwarmer, nein: aus mundhöhlenwarmer Schokolade, sondern aus Eis gewesen wäre, denkt Henriette. Sie drückt tiefer. Mit Essen spielt man nicht. Als ob sie je mit Essen gespielt hätte. Oder mit sonst etwas. Henriette denkt: Mein Leben funktioniert 1:1, was es wiegt, das hat es. Sagt sie und Was wiegt schon ein Spiel, sagt sie und steigt auf die Waage, sie wiegt sich 1:1. Mehr ist da nicht. Ist da nie gewesen. Wird da nie sein. Wie traurig. Sie zerdrückt den ausgespuckten Marsriegel auf dem Tisch, bis er nicht mehr zu erkennen ist. Sie streift den Daumen an der Tischkante ab. Sie sitzt vor der auf der Tischplatte verteilten klebrigen Masse. Wie eklig. Sie holt ein Messer aus der Lade und schabt sie vom Tisch. Die Masse bleibt in einem einzigen Klumpen am Messer hängen. Henriette wirft gleich das ganze Messer in den Mistkübel.)

2 Männer oder vielleicht auch 3 verschwinden mit den Sachen im Haus. Henriette hört den Lift auf und ab fahren. Sie hört Türenschlagen und schwere Schritte und Rumpeln in der Wohnung über ihr.

ALS NICHTS MEHR ZU HÖREN IST

Sonja ist mit den Kindern weggefahren. Zu ihrer Mutter irgendwo aufs Land. Gleich für eine ganze Woche. Vielleicht sogar 2. Mir fällt sonst die Decke auf den Kopf, hat Sonja gesagt, als ob sie Henriette Rechenschaft schuldig wäre. Henriette hat sich nichts anmerken lassen: Eine gute Idee, hab eine gute Zeit, du hast es verdient!, dann war Sonja mitsamt den Kindern verschwunden. Nur noch Fremde unten auf der Straße und Stille im ersten Stock. Genau wie im Stock über ihr. Die Neuen sind wohl noch nicht eingezogen. Haben wohl erst einmal nur ihre Möbel abgestellt. Sind wohl erst einmal in den Urlaub geflogen. Nach Bali. Alle fliegen jetzt, wo das wieder problemlos geht, auf Urlaub nach Bali. Oder sie arbeiten gleich von dort aus. Wenn Henriette noch fliegen würde, könnte sie auch einfach wegfliegen. Henriette braucht nur ihren Laptop und das Internet. Auch sie könnte von überall aus arbeiten. Könnte, denkt Henriette. Und dann am Strand sitzen zwischen den ganzen Strandmenschen und Strandmenschinnen mit ihren Strandmenschen- und Strandmenschinnenkörpern. Denkt Henriette. Danke nein.

Das Haus gegenüber wächst, die Baulücke schließt sich, bald wird sie den Spielplatz nicht mehr sehen können. Und die Weinberge, die Rebzeilen und die offene, schwere Erde, die ihr bis ins Kreuz hinaufgerutscht ist, weil der arme Kerl sich gar so abgemüht hat? Kommt drauf an, wie hoch das Haus wird. Ob der Kran, wenn ihn ein Jännersturm einmal richtig erwischt (so richtig richtig), genau in Henriettes

Küchenfenster einschlagen wird? Wie ein Rufzeichen, wie ein Zeigefinger. Wie ein: Du! Du hast's verspielt! Und Henriette: Ich habe doch gar nicht gespielt. Ich spiele nie! Was dem Kran, der sich im Aufrichten den Staub von den Schultern klopfen würde, natürlich vollkommen egal wäre. Hinten herum vorbei ginge ihm das.

Henriette steht nicht mehr am Fenster, wo es ohnehin nichts zu sehen gibt, sie geht zwischen Küche und Schlafzimmer auf und ab und fühlt sich. Ja, wie fühlt sich Henriette?

Als ob die Stille alle ihre Sachen aus der Wohnung herausgezogen hätte, so fühlt sich Henriette: Tief ausgeatmet hat sie und dann wird sie sich mit weichen Lippen ans Schlüsselloch geklebt haben (wie bei diesem Kuss, den man auf die Stirn gibt, weil der Mund noch tabu ist), und dann muss sie eingeatmet haben, was das Zeug hält. Henriette hat nichts davon gehört, hat nichts davon gespürt. Nicht den leisesten Laut, nicht den leichtesten Luftzug, sonst hätte sie das Schlüsselloch natürlich sofort mit irgendetwas verstopft. Mit einem Stück Styropor oder noch besser mit einem großen Stück durchgekautem Kaugummi. Ein Vakuum ist da jetzt, denkt Henriette, ein Vakuum, das mich mit jedem Atemzug von Zimmer zu Zimmer und wieder zurückdrückt und wieder vorschiebt. Wie auf der Flucht, und das in meinen eigenen vier Wänden. Henriette bleibt stehen. Alles, was recht ist, denkt sie.

Richtig ist das nicht. Richtig gedacht ist das nicht, meint sie und dass sie verrückt werden wird, wenn da niemand ist, wenn da nur sie ist. Nur ich und immer wieder ich, denkt Henriette und kriegt Hunger. Hunger? Sie klappt den Laptop auf. Sie wird sich etwas bestellen. Am liebsten natürlich ein neues Leben oder wenigstens neue Schuhe, Hosen, Kleider. Aber schöne. Oder einen Mann oder wenigstens eine Umarmung. Eine richtige, was es aber natürlich nicht spielt. Nicht in diesem Leben, denkt Henriette und gönnt sich wenigstens den teureren Lieferdienst, den mit der Expresslieferung.

Die Bestellung ist abgeschickt, Henriette legt die Hand neben dem Laptop flach auf die Tischplatte. Sie klebt noch ein bisschen von dem Marsriegel. Henriette spreizt die Finger. Sie kann immer noch mehr als eine Oktave zwischen den Daumen und den kleinen Finger nehmen. Wie gemacht fürs Klavierspielen, denkt sie und klopft unwillkürlich auf den Küchentisch, als ob sie ein Klavierstück spielen würde. Als sie merkt, was sie tut, hört sie auf. Der Mann vom Lieferdienst müsste bald läuten. Es wäre dringend. Der Schrank mit den Vorräten ist schließlich so gut wie leer. Bis dahin sitzt Henriette reglos in der Küche. Kann sein, dass sie weint. Oder alles kurz und klein schlägt. Gesünder wäre das, aber natürlich auch ziemlich verrückt, denkt Henriette, die natürlich nicht verrückt ist.

Henriette steht auf, geht ins Wohnzimmer, schaut sich um, entscheidet sich für den Tisch. Sie streift über die Tischplatte, sagt: Tisch. Geht die 2, 3 Schritte zur Kommode, schiebt die oberste Lade auf und wieder zu, sagt leise, als ob sie das beschämen würde: Kommode.

Kommode, wiederholt sie. Laut und deutlich. Hört dem Klang ihrer Stimme nach. Als nichts mehr zu hören ist, nicht einmal mehr die Erinnerung, stampft sie mit aller Kraft auf den Boden: Boden. Ein dumpfes Geräusch. Noch einmal, fester: Boden. Er gibt nicht nach.

Henriette spürt den Schmerz in der Ferse, spürt ihn bis ins Knie. Bis in die Hüfte. Bis ins Kreuz, bis in die Schulter. Den Hals entlang, bis über die Stirn fliehend spürt sie ihn.

2 MÄNNER ODER 3

Es sind zwei Männer. Ein älterer und ein jüngerer. Henriette hat sie nun schon mehrfach beim Heimkommen beobachtet. Sie gehen immer nebeneinander, immer einander zugeneigt, im Gespräch, als ob sie sich nach langer Zeit eben erst getroffen und einander jede Menge zu erzählen hätten. Sind sie im Haus verschwunden, folgt bald darauf (inzwischen werden sie die Post aus dem Postkasten geholt haben) das gleichmäßige Surren vom Lift, der an Henriette vorbei bis in den dritten Stock fährt und dort mit einem Aufseufzen anhält. Wenn Henriette ihre Wohnungstür einen Spaltbreit aufmacht, kann sie hören, wie sich die Lifttüren öffnen, dann hört sie das Getrappel der beiden Männer und manchmal sogar das Rascheln ihrer Anoraks. Es ist doch gar nicht so kalt, dass man sich so warm anziehen müsste? Oder sind es nur Windjacken? Von ihrem Fensterplatz aus kann Henriette das nicht genau erkennen. Manchmal lachen die beiden, wenn sie aus dem Lift steigen, und das Lachen setzt sich fort, bis die Wohnungstür hinter ihnen ins Schloss fällt und es wieder still ist. Manchmal reden sie irgendetwas, das Henriette aber nicht verstehen kann. Es hallt zu sehr im Stiegenhaus. Der eine, wahrscheinlich der Ältere, hat eine tiefe, eine beruhigende Stimme, der andere redet hastig, als ob er es eilig hätte. Das muss der Jüngere sein.

Stell dir vor, da sind zwei Männer bei mir eingezogen.
   Bei dir?

Nein, nicht direkt bei mir. Über mir. In der Wohnung meiner Mutter.
Deiner Mutter?
Wo sie gewohnt hat. Ich übrigens auch. Es ist die Wohnung, in der ich aufgewachsen bin.
Ist das nicht ein komisches Gefühl?
Nein, warum? Was für ein komisches Gefühl soll das sein?

Doch, doch ist es ein komisches Gefühl, wenn plötzlich jemand in der Wohnung der Mutter wohnt, denkt Henriette, aber das geht Martin nun wirklich nichts an.
Ich hab nur gedacht, Martin schaut auf seine Zettel, schiebt einen beiseite, holt einen anderen hervor. Zu der Buchung vom 22.10. hätte ich noch eine Frage. Weißt du, welche ich meine? Wir haben letztes Mal schon darüber geredet.

Henriette hat den Ausdruck mit den Buchungen schon in der Hand. Schade, denkt sie, sie hätte lieber mit Martin darüber geredet, was die beiden Männer wohl sind. Ein Liebespaar? Vater und Sohn? Am liebsten hätte Henriette eine romantische Geschichte, zum Beispiel die einer verbotenen Liebe. Oder ob es doch nur eine Wohngemeinschaft ist?
In den vergangenen 10 Jahren ist nur ganz selten jemand gekommen und da auch nur, um nach dem Rechten zu schauen. Der Mann, dem die Wohnung gehört, wollte sie freihalten, falls es ihn im Alter doch noch einmal zurück nach Wien zieht, hat er Henriette bei der Übergabe gesagt. Ob er mittlerweile auch gestorben ist? Oder ob er nur mit Sicherheit weiß, dass es ihn nie wieder nach Wien zurückziehen wird? Henriette nimmt sich vor, die beiden Neuen danach zu fragen. Aber dazu muss sie sie erst einmal kennenlernen.

Ob die schwul sind?

Wer?

Na die beiden, die bei mir eingezogen sind.

Woher soll ich das wissen? Und es interessiert mich auch nicht.

Aber mich.

Dann frag sie doch.

Was ist denn heute los mit dir?

Kannst du mir bitte endlich was zu der Buchung vom 22.10. sagen? Ich will den Oktober in Ordnung haben.

Martin will nicht nur den Oktober, Martin will alles in Ordnung haben, weil er die Unordnung viel zu gut kennt, denkt Henriette. Wie sie immer wieder ausbricht, hereinflutet, wächst und wütet. And so do I, denkt Henriette, die gern englisch denkt, wenn's sonst zu kompliziert werden würde. Denn sie sieht den Buben sehr wohl, wie er auf dem Baumwipfel sitzt, den Kopf in die Ferne gestreckt, angestrengt Ausschau haltend, aber da ist nichts. Nur der Himmel, in den ein paar Kirchtürme und Hochhäuser ragen. Und irgendwo weit, weit hinten liegt der Urwald mit seinen grünen Krakenarmen, die über ganze Kontinente reichen, wenn es sein muss. Muss es sein?

Doch, es ist ein komisches Gefühl, sagt Henriette. Für mich ist das immer noch die Wohnung meiner Mutter. Auch nach den vielen Jahren.

Martin hebt den Kopf, überrascht. Nickt.

Du wirst sicher bald herausfinden, was das für Leute sind. Vielleicht sind sie ja sogar nett.

HENRIETTE TRINKT TEE UND LÄSST DIE ZEIT VERGEHN

Das Wasser im Wasserkocher brodelt, Henriette entscheidet sich für den Wohlfühltee. Bio. Sie hängt das Teesäckchen in die Teetasse, englisches Porzellan, hauchdünn, irgendwas mit Knochen. Die Mutter hat ihr das mit dem Porzellan 100 Mal erklärt, damit Henriette eine gute Lebensart bekommt. Henriette gießt das heiße Wasser über den Tee. Gut, dass die Mutter das nicht sieht, weil diese Teesackerl ein Kulturverfall sind. Henriette stellt die Tasse auf den Tisch. Zucker nimmt sie schon länger keinen mehr. Den spart sie sich. Für magere Zeiten, denkt sie und rührt trotzdem in der Tasse herum. Milch? Nein, keine Milch. Milch nur in den Kaffee. Ordnung muss eben sein.

2, nicht 3 Männer sind es, die in die Wohnung über Henriette eingezogen sind. Vater und Sohn. Gestern hat sie den einen nämlich Papa rufen gehört. Merkwürdig klingt das, wenn ein erwachsener Mann zum anderen erwachsenen Mann Papa sagt. Papa ruft, denkt Henriette. Henriette sagt ein paarmal: Papa, aber nur im Kopf, und sie lässt die Zeit vergehen, ganz weit zurück lässt Henriette die Zeit vergehen. Da ist kein Papa und auch kein Vater. Da ist nur der Vaterunser, zu dem sie jeden Abend gebetet hat, damit er über sie wacht. Das hat ihr die Mutter erklärt und Henriette hat ihr geglaubt. Der Vater von Henriette soll sie ein paarmal so richtig verdroschen haben und die Mutter sowieso. Das hat Henriette der Mutter aber nicht geglaubt. Das hat sich die Mutter ausgedacht, weil ihr der Vater davongelaufen ist.

Kein Wunder, denkt Henriette. Und mich hat er zurückgelassen, denkt sie.

Henriette trinkt Tee und lässt die Zeit vergehn. Obwohl es Nachmittag ist, beginnt es schon zu dämmern. Bald wird sie das Licht einschalten müssen. Im Radio ist die Rede vom Klimawandel. Dass das heuer vielleicht der letzte kalte Winter ist. Dass dieser kalte Winter ein Ausreißer ist in einer Reihe viel zu warmer Winter, und es wird noch wärmer werden. Es ist die Rede von Klimaprotesten und von Regierungsmaßnahmen. Henriette steht auf und sucht einen anderen Sender. Einen mit Musik. Henriette braucht keine Nachrichten, Henriette hat selbst Augen im Kopf. Der Tee ist warm und schmeckt süß, findet Henriette. Versteckt süß, denkt sie und denkt an Margarete. Das Würmchen, denkt sie. Das Würmchen mit dem kleinen Gesicht. In Gedanken streicht sie dem Kind über die Wangen. Vorsichtig, federleicht streicht Henriette über die fast weiße Haut. So unbeschrieben. So zart. Henriette wird Sonja anrufen, vielleicht will sie auch eine Tasse Tee, bevor sie die anderen Kinder vom Kindergarten und der Schule abholen muss.

AUF HENRIETTES TISCH STEHT EIN MARGERITENSTRAUSS

Der neue Tisch wird geliefert. Henriette hat ihn online ausgesucht und online gekauft, jetzt steht ein Lieferwagen unten vor dem Haus. Es sind 2 Männer, die 1 ziemlich großen und 1 kleineren Karton heraufbringen. Henriette läuft – ja, Henriette läuft – zur Wohnungstür, bereit, den Türöffner zu betätigen. Sie hat sich heute gleich nach dem Aufstehen angezogen: eine neue Hose, ein neues T-Shirt. Und die Haare hat sie zurechtfrisiert und Ohrringe trägt sie auch. Wie zu einem Date, denkt sie und merkt, dass der Gedanke sie belustigt. Ein Date mit einem Tisch, denkt sie und öffnet die Tür. Ein kalter Luftzug kommt Henriette entgegen, ein neuer Pullover wäre echt besser als das T-Shirt gewesen. Aber wie oft steht sie schon in der offenen Tür? Da steigen die beiden Männer auch schon aus dem Lift. Hier!, ruft Henriette. Wie ein Kind, denkt sie. Wie ein aufgeregtes Kind. Und wenn sie ehrlich ist, fühlt sie sich auch so. Warum auch nicht?

Wenn das mit dem neuen Tisch klappt, wird sie sich auch noch eine neue Kommode kaufen. Und einen neuen Teppich. Und vielleicht doch auch noch einen neuen Pullover. Eine neue Küche? Einen neuen Kleiderschrank? Ein neues Bett? Sie hat das Aufbauservice bestellt, so steht sie jetzt nur herum und schaut den beiden Männern zu, wie sie mit geübten Griffen aus den Holzteilen und Schrauben einen Tisch zaubern. Wie schnell das geht, denkt Henriette.

Wollen Sie was trinken?

Nein danke, wir sind eh gleich fertig.

So schnell wie der neue Tisch vor Henriette steht, so schnell ist der alte zerlegt und vor der Tür abgestellt. Die Männer suchen ihr Werkzeug zusammen. Henriette hat das Trinkgeld schon vorbereitet, beim Verabschieden legt sie es dem Älteren der beiden in die Hand.

Danke für Ihre Mühen!

Henriette geht ins Wohnzimmer zurück. Es riecht nach neuen Möbeln. Angeblich ist der Geruch ungesund, aber Henriette mag ihn. Sie holt ein Geschirrtuch aus der Küche und wischt damit über die Tischplatte. Es ist ein schwerer, dunkler Tisch. Schwer und dunkel, denkt Henriette, just like me, nur dass der Tisch neu ist. Neu ist aber auch die Hose, neu ist das T-Shirt, neu ist die Ordnung, die nun schon seit Wochen in der Wohnung herrscht, neu ist der Margeritenstrauß, den Sonja ihr gestern mitgebracht hat. Weiß die Hölle, wo sie um diese Zeit Margeriten bekommen hat.

Weil du dich so lieb um Margarete gekümmert hast!, hat Sonja so oft gesagt, dass Henriette ganz verlegen wurde.

Hab ich doch sehr gern gemacht. Und gern auch wieder einmal!

Als Nächstes wird Henriette nach Vorhängen fürs Schlafzimmer schauen. Wenn die Baulücke von gegenüber verschwunden sein und dort stattdessen ein Haus mit vielen Fenstern stehen wird und hinter den vielen Fenstern viele Menschen, dann will Henriette andere Vorhänge haben. Frischere, freundlichere. Vielleicht mit Blumen. Vielleicht sogar mit Margeriten?

Sonja hat ihren Mann hinausgeworfen. Da ist die Tür, hat sie gesagt. Hau ab, dann kannst du vögeln, wen du willst, hat sie gesagt. Und er hat seine Siebensachen gepackt und weg war er. Ich glaube, der war sogar froh, hat Sonja gesagt und Henriette konnte sehen, wie traurig sie darüber war. Ob sie das mit dem Vögeln wirklich gesagt hat? Henriette kann sich das nicht vorstellen.

Und die Kinder?

Die glauben, dass er bald zurückkommt.

Und du?

Ich weiß nicht.

Komm, trink noch eine Tasse. Ist Wohlfühltee. Bio. Der tut gut.

Danke, und du, ich bin echt froh, dass wir uns kennengelernt haben, sagt Sonja.

Henriette füllt gerade Wasser in den Wasserkocher, so kann Sonja nicht sehen, dass sie vor Freude über ihren Satz für einen Sekundenbruchteil sogar aufs Atmen vergisst.

Henriette holt die Vase mit den Margeriten aus der Küche und stellt sie auf den neuen Tisch. Sie passen perfekt zum dunklen Braun der Tischplatte.

HENRIETTE UND DIE WUT

Henriette findet, dass Sonja nur Ausreden für diesen Mann sucht, der sie immerhin nicht nur betrogen, sondern auch geschlagen hat: Es war der Schichtdienst. Der hat ihn kaputt gemacht. Sonja hat das immer wieder vor sich hergesagt, die Augen reglos in irgendeine Ferne gerichtet, als ob sie ganz allein, als ob sie nur für sich wäre.

Me too!, hätte Henriette gern gesagt, gern ganz laut gesagt, damit Sonja sie auch wirklich hört. Hätte, hätte Henriette. Ob er auch die Kinder geschlagen hat? Wahrscheinlich. Und hätte Martin ihr früher gesagt, dass er die Kündigung bekommen hat, dann. Ja, was hätte sie dann gesagt, was hätte sie dann gemacht? Hätte sie etwas gesagt? Hätte sie etwas gemacht? Anders gemacht als jetzt, wo es zu spät ist, denkt Henriette. Hätte, hätte.

Sonja, hat sie zu Sonja gesagt, du darfst nicht nachgeben. Du darfst ihm nicht verzeihen.

Aber der Schichtdienst, und die Kinder waren immer so laut, er ist nicht einmal zum Schlafen gekommen, er war genervt. Und jeder schaut doch einmal, ob es woanders nicht besser wäre. Jeder macht einmal einen Fehler.

Einen?

Und die Kinder brauchen ihren Vater.

Und du?, hat Henriette gesagt.

Und du, denkt Henriette. Und ich.

Ich brauche Martin, denkt sie unwillkürlich und erschrickt im selben Moment. Bitte nein, denkt Henriette, ich brauche niemanden. Ich habe niemanden gebraucht und ich werde niemanden brauchen. Keinen Vater, keine Mutter und erst recht keinen Martin.

Martin. Er ist abserviert worden. Zu alt – Bitte 55 ist doch kein Alter! –, zu teuer – Ob er mehr verdient als sie? Und er hat nicht bemerkt, dass man nicht sie, sondern ihn loswerden wollte? Und Henriette? Was hat sie nicht bemerkt? Ob sie die Nächste ist?

Martin ist so gut wie weg. Was wirst du machen?

Erst einmal den restlichen Urlaub nehmen. Und Krankenstand, meine Schulter, mein Kreuz. Da findet sich was. Aber keine Angst, ich übergebe dir alles so, wie es sich gehört.

Da hat er dann tatsächlich gelächelt. Gelacht hat Martin immer einmal wieder, aber gelächelt? Henriette glaubt, dass sie Martin genau jetzt zum ersten Mal lächeln sieht. Jetzt, wo es zu spät ist, denkt sie.

Sie hat ohne nachzudenken einfach Merci gesagt. Eigentlich wollte sie zurücklächeln und vielleicht auch etwas anderes sagen, aber dann ist ihr der Kopf in die Hand gefallen. Sie hat ihn nicht verloren, nein, nicht wirklich. Sie hat vorher ja noch schnell den Arm aufgestützt, sodass es der Kopf nicht weit bis zur Hand hatte. Dass er schon in ihrer Hand gelegen ist, als sie plötzlich von den Beinen aufwärts so kraftlos wurde, dass sie ihn ohne Unterstützung sowieso nicht mehr oben halten hätte können.

Sonja hat dann gehen müssen. Er, der Vater, würde die Kinder gleich zurückbringen, zum ersten Mal auch Margarete. Es wird Zeit. Sie greift sich – wehmütig? – auf die Brüste: Da funktioniert wenigstens alles noch!

Später weiß Henriette nicht, warum ihr genau da aufgefallen ist, wie jung Sonja eigentlich noch ist. Weil sie plötzlich nämlich um so viel älter ausgesehen hat. In ihrem Kummer, denkt

Henriette und wünscht ihr Wut. Wut hält jung, denkt sie, als sie in den Spiegel schaut. Keine Falte zu sehen. Oder doch? Sie geht näher zum Spiegel. Keine Falten, aber ganz feine Linien – Bruchlinien, denkt sie –, die wie ein fast unsichtbares Netz auf ihrem Gesicht liegen. Sie rechnet nach: Sonja könnte ihr Kind sein. Vom Alter her ginge sich das aus. Henriette streicht sich über den Hals. Auch hier: keine Falten. Aber ihr kommt vor, als ob es da zu viel Haut für zu wenig Hals gibt. Auch das Gesicht, speziell die Wangen. Auch da hat sich etwas verändert. Ihr Blick wandert zur Waage, die wie beleidigt im Eck steht. Henriette hat sie seit vielen Wochen, Monaten (?) gemieden. Scheiß auf dich, hat sie gedacht, denn sagen würde sie so etwas nie, sie ist schließlich nicht ihre Mutter. Scheiß auf dich, hat sie also eines Tages gedacht und das Riesending in den Winkel hinter der Dusche geschoben. Strafweise. Das Kind müsste einmal so richtig wütend werden, denkt Henriette, als sie an Sonja denkt, und darüber vergisst sie die Sache mit der Waage und ihrem Gewicht. Wahrscheinlich hat sie sich eh getäuscht.

HENRIETTE STEHT AM FENSTER

Manchmal fällt Henriette in einen Gedankentrichter und das so tief, dass sie alles vergisst: die Küche in ihrem Rücken, die Fensterscheibe vor ihrem Gesicht, die Bäume mit dem leeren Geäst, die Straße, die Baulücke, den Kran, die Weinberge und den Horizont. Sie denkt Gedanken und vergisst sie genauso schnell, wie sie sie gedacht hat, und sie vergisst sich selbst. Wenn sie auf einmal wieder weiß, dass es sie gibt, erschrickt sie. Wie jetzt. Sie richtet sich auf.

Die Baustelle liegt da wie tot, auch auf dem Spielplatz ist niemand. Es ist zu kalt. Henriette hält die Hände über den Heizkörper und stellt sich vor, wie ihre Hände langsam austrocknen. Sie müsste sie nur ein paar Tage dort liegen lassen, dann lägen sie da wie in der Wüste vergessen. Schade wäre es aber schon, vor allem um ihre Finger, denkt sie und bewegt die Hände wie jemand, der etwas verkaufen will. Hände, schöne Hände!

Henriette könnte nicht sagen, wie lang sie am Fenster gestanden ist. 1 Minute oder 1 Stunde, es könnte auch ein ganzes Leben gewesen sein, denkt sie. Was weiß man schon. Was weiß man schon wirklich, denkt sie, aber jetzt ist sie wieder voll da. Jetzt sieht sie, jetzt hört sie und jetzt weiß sie wieder alles. Aber warum das so ist, warum sie plötzlich alles wieder weiß, auch sich selbst wieder weiß, kann sie nicht sagen. Ob es ein Geräusch war, das sie zurückgebracht hat? Ob jemand in der Wohnung gewesen ist und sie hat es nicht gemerkt? Hätte sie es überhaupt gehört, wenn jemand die Tür aufgebrochen hätte? Schon wieder etwas, das ich nicht weiß, denkt Henriette, und als Buchhalterin beunruhigt sie das. Man muss schließlich alles auf dem Tisch liegen haben, sonst klappt das nicht mit der Buchhaltung, denkt sie. Aber doch, denkt sie. Sie hätte es gehört und sie hätte es gemerkt: große Hände, die sich um ihren Hals legen. Schwere Männerhände. Auf jeden Fall hätte sie das bemerkt. Gerochen hätte sie ihn auch. Nach Schweiß hätte er gerochen, alter Adrenalinschweiß. Durchdringend riechendes Aftershave. Schon vor vielen Monaten geöffnet und bereits gebrochen. Ekelhaft. Ewig ekelhaft, denkt Henriette und hat den Geruch auch schon im Körper. Von oben bis unten, wie vollgesogen. Henriette spürt die Hände am Hals, spürt die Hände auf ihren Brüsten und dann die Gewalt. Doch, das hätte sie gemerkt, denkt Henriette. Da ist niemand in ihrer Wohnung gewesen. Kein Mensch, nur sie.

HENRY SCHNEIDER

Bei den Schlüsseln, die er von der Maklerin bekommen habe, sei nur der kleine für das Vorhangschloss des Abteils dabei gewesen, er aber brauche erst einmal den Kellerschlüssel, um überhaupt zu seinem Abteil gelangen zu können. Und es sei dringend. Die Wohnung sei voller Schachteln, sie könnten sich kaum rühren. Wir, mein Sohn und ich. Henry Schneider, und mein Sohn heißt Michael. Er hat den Namen englisch ausgesprochen. Die Schachteln sollen im Keller zwischengelagert werden. Oder brauchen Sie welche?

Nein, Henriette braucht keine Schachteln, Henriette hat nicht vor zu übersiedeln, aber Henriette hat einen Kellerschlüssel.

Ich war schon ewig nicht mehr unten. Ich hoffe, er passt noch. Manchmal lassen die von der Hausverwaltung ja auch die Schlösser austauschen. Es passiert ja so viel!

Das wird schon klappen. Und vielen Dank, ich bringe ihn sofort wieder zurück, wenn wir das ganze Zeug im Keller haben.

Keine Eile. Lassen Sie den Schlüssel doch gleich nachmachen. Gegenüber von der Straßenbahnstation, direkt neben dem Friseur, da müsste ein Schuster sein und der macht Ihnen alle Schlüssel nach. Sogar Sicherheitsschlüssel. Bis vor ein paar Jahren war das zumindest so.

Sie hat die Wohnungstür nur einen Spaltbreit geöffnet, und auch das nur deshalb, weil sie den Neuen die Treppen heruntergekommen gehört hat und weil sie neugierig war. Nur deshalb hat Henriette die Tür aufgemacht, als es geläutet hat.

Schlecht schaut er nicht aus, war ihr erster Gedanke, als sie ihn vor der Tür stehen hatte. Deutlich größer als sie, ein zurückhaltendes Lächeln im Gesicht, leicht gelocktes braunes Haar, schon kräftig mit Grau durchsetzt. Ein etwas zu weiter Pullover in einer undefinierbaren Farbe und so ausgeleiert, dass man seine Figur nicht wirklich erkennen konnte. Irgendwas zwischen normal und zu viel. Henriette fand das sofort sympathisch. Kein Bodytyp, dachte sie, und ehe sie sich's versah, hatte sie ihm ihre Tür schon viel weiter als der Postlerin oder den Lieferdienstmännern geöffnet.

Wenn's Ihnen keine Umstände macht, sehr nett. Ich werde den Schlüssel gleich am Montag nachmachen lassen.

Sie müssen sich wirklich nicht beeilen, ich habe den Schlüssel 10 Jahre lang nicht gebraucht, ich werde ihn auch in den nächsten 10 Jahren nicht brauchen.

Henry Schneider, was für ein Name, denkt Henriette, während sie den Kellerschlüssel von ihrem Schlüsselbund herunternestelt. Dann viel Erfolg und Willkommen!, sagt sie und Henry Schneider lächelt wieder. Als Henriette die Tür schließt, ist sie so erschöpft, als hätte sie den Großglockner bestiegen. Sie muss sich niedersetzen und nachdenken.

Auf dem Küchentisch steht noch das Geschirr vom Frühstück. Sie greift nach dem Häferl, trinkt einen Schluck. Der Kaffee ist eiskalt, was Henriette überhaupt nicht mag. Sie steht auf und holt die französische Kaffeekanne aus dem Küchenkasten. Ganz hinten steht sie. Kaum benutzt. Überhaupt je benutzt? Heute aber will Henriette Kaffee aus der französischen Kaffeekanne. Sie füllt Wasser in den Wasserkocher, sie schaufelt Kaffee in die Kanne, sie übergießt den Kaffee mit dem kochenden Wasser. Sie wartet. Und sie denkt.

Henriette denkt an Henry Schneider. Denkt jeden Satz und denkt jedes Wort, das sie und das Henry Schneider gesagt haben. Denkt jede Tonlage, jede Betonung. Jeden Blick und jede Handbewegung. Denkt sich den ganzen Henry Schneider vor sich hin, von den braun-grauen Locken bis zu den Schuhen hinunter. Denkt seine Stimme – Wie angenehm ruhig! –, denkt sein Lächeln – Was für ein freundlicher Mann! –, denkt seine Augen – Welche Farbe? – vor sich hin. Die Augenfarbe hat sie nicht gesehen. Da hat sie nicht gut genug geschaut, da wird sie das nächste Mal drauf achten, denkt sie. Das nächste Mal? Henriette schaut an sich hinunter. Was für ein Glück, wenigstens war sie einigermaßen angezogen.

HENRIETTES LEBEN WIRD KOMPLIZIERT

Sonja stellt die Wippe auf Henriettes Tisch, und ja, die schaut sehr gern auf Margarete, hab ich dir doch gesagt, ich freue mich. Sonja muss in Jakobs Schule, er wird wieder einmal irgendetwas angestellt haben.

Keine Ahnung, worum es geht, er weiß angeblich von nichts.

Wie sein Vater, denkt Henriette, nickt aber nur kurz in Sonjas Richtung. Ihre Augen liegen auf der ruhig schlafenden Margarete. Die Wangen des kleinen Mädchens sind gerötet. So leicht, so zart sind die Wangen, so leicht, so zart ist das Rot. Hoffentlich ist der Kleinen nicht zu heiß. Sie ist so warm eingepackt. Wenn Sonja weg ist, wird Henriette als Erstes die Überdecke abnehmen. Manchmal geht ein Zucken über das kleine Gesicht, dann verzieht sich der Mund zu einem Lächeln. Jetzt träumt sie etwas Schönes, denkt Henriette und würde am liebsten mitlächeln, was aber nicht geht, wegen Sonja. Die holt gerade die Milchflasche und den Flaschenwärmer aus der Babytasche.

Die Milch ist noch warm, aber die Kleine müsste eigentlich noch mindestens eine Stunde schlafen.

Sonja stellt den Flaschenwärmer neben dem Wasserkocher ab und steckt ihn gleich an. Die kennt sich hier aus, denkt Henriette. Sie schafft hier herum, fast als ob es ihre Küche wäre, denkt Henriette und kann sich nicht entscheiden, ob sie das gut oder schlecht finden soll.

Wie ein Delinquent bin ich vorgeladen worden. Sonja tippt sich auf die Stirn und Henriette fällt auf, wie hoch ihre Stirn ist. Viel höher als ihre eigene. Wahrscheinlich würden ihr Stirnfransen stehen, Sonja müsste sie sich nicht immer an die Seite schieben wie Henriette. Sie sollte einmal zum Friseur gehen.

Lächerlich ist das, Sonja ärgert sich über Jakobs Lehrerin. Er ist doch ein Kind. Was kann so ein Kind denn schon anstellen. Die glauben, dass man alle Zeit der Welt hat. Vorladung, dass ich nicht lache.

Henriette findet, dass Sonja ihre Sache gut macht. Was heißt gut, denkt sie. Perfekt macht sie das. Sie, Henriette, hätte eine Mordswut auf Jakob bekommen. Weil sie doch eh schon den ganzen Terror mit seinem Vater hat und dann macht das Kind auch noch Probleme.

Kaum ist eines ausgestanden, kommt das Nächste. Aber das wäre natürlich falsch gewesen. Das arme Kind. Henriette erinnert sich, wie ihr der Bub von der Straße aus zugewinkt hat. Er hat so lang zu ihr heraufgeschaut, bis er sie nicht mehr sehen konnte. Aber Sonja tut ihr auch leid. Henriette findet, dass ihr Leben ziemlich kompliziert geworden ist.

Ich schau sehr gern auf die Kleine, wiederholt sie. Wirklich.

Als Sonja endlich gegangen ist, setzt sich Henriette genau vor die Wippe und schaut der kleinen Margarete beim Schlafen zu. Natürlich hat sie ihr vorher die viel zu warme Decke abgenommen.

HENRIETTE SAGT AB

Henriette hat von Martin geträumt. An ihrem Bett ist er gestanden und hat auf sie hinuntergeschaut, wie sie ruhig schlafend dagelegen ist. Weich wie ein Kind, hat Martin gedacht und hätte ihr am liebsten seine Hand auf die Stirn gelegt. Nein, nicht weil sie Fieber haben könnte, sie ist nur ein wenig zu blass, sondern um sie vor bösen Träumen zu schützen. Sie kommt einfach zu selten an die frische Luft, hat er gedacht, hat den Vorhang zur Seite gezogen und das Fenster gekippt. Ja, Henriette weiß, was Martin denkt. Henriette hat immer schon viel mehr gewusst als andere Menschen. Außerdem ist es ja nur ein Traum und er hat sich dann ohnehin umgedreht, langsam, und ist gegangen. Behutsam, Henriette hat es erst bemerkt, als sie aufgewacht ist.

Henriette sitzt aufrecht im Bett, denkt an Martin und ist traurig. Seit ihrer Eröffnung hat Martin die Kündigung nicht mehr erwähnt und auch Henriette hat das Thema vermieden. Ein paar Wochen haben sie ja noch. Er hätte es ihr ruhig früher sagen können. Da hätte sie mehr Zeit gehabt. Zeit wofür? Heulen könnte sie. Scheiß-Traum, denkt Henriette dann aber lieber und strampelt sich die Decke vom Leib. Sie ist überrascht, wie viel Kraft sie plötzlich in den Beinen hat. Eben hat sie sich noch richtig elend gefühlt. Gut ist das, denn sie muss schnell aufstehen: Sie hat einen Termin. Einen Friseurtermin. Sie ist es leid, sich die Haare selbst zu schneiden. Man sieht es, hat sie zu ihrem Spiegelbild gesagt. Schau dir nur die Stirnfransen an. Und: Gib dir einen Ruck, es wird schon irgendwie gehen.

Was wird schon irgendwie gehen? Es sind die Friseursessel. Sie alle haben Armstützen, zwischen die Henriette nicht passt. Wo Henriette den Friseur fragen muss, ob man sie nach oben klappen könnte, damit sie sich auf den Sessel setzen kann. Und dann die Blicke. Schon wenn sie den Laden betritt. Hoffentlich ist der Friseur keine Friseurin. Eine von den perfekt gestylten, ganz schlanken mit den immergleichen Gedanken: Wie kann man nur. Wie kann man nur so ausschauen.

Henriette hat noch ein wenig Zeit, sie frisiert ihre Haare von rechts nach links und von links nach rechts, fasst sie zusammen, lässt sie wieder fallen. Nichts verändert sich. Ihr Gesicht klebt weiterhin wie das einer Fremden im Spiegel und die Augen stecken in ihm fest, ein durch und durch verblichenes Himmelblau, reglos, als ob sie dieses Gesicht im Spiegel nichts anginge. Kein Wunder, denkt Henriette: Es schaut schrecklich aus, es ist einfach viel zu viel Gesicht. Viel zu viel wie die ganze Henriette, die auf einmal nicht mehr weiß, wie sie auf diese idiotische Idee mit dem Friseur gekommen ist. Wozu braucht sie überhaupt eine Frisur? Sie braucht gar nichts. Sie braucht nichts und niemanden und eine Frisur schon gar nicht. Henriette ist Henriette und das genügt. Punkt. Sie bürstet sich mit ein paar festen Strichen das Haar zurecht und geht. Jetzt erst recht.

MARTIN MACHT SICH SELBSTÄNDIG

Das Mailfach quillt über. Die scheren sich einen Dreck um mich, denkt Henriette, die schicken mir ihren ganzen Scheiß, wie es ihnen in den Sinn kommt. Ungeordnet, immer wieder irgendwelche Zusätze, ohne genau zu kennzeichnen, wozu sie gehören oder der wievielte Zusatz das sein soll. Eine einzige Frechheit und dann noch der verdammte Spam und zu allem Überfluss auch noch komische Rundmails von ganz oben und vom Betriebsrat. Mich interessiert das Ganze kein bisschen, denkt Henriette, weil sie Mir geht das alles am Arsch vorbei nicht denken will. Arsch sagt man nicht. Das hat schon ihre Mutter gesagt.

Trotzdem geht ihr das alles am Arsch vorbei, Mich widert das alles nur noch an, denkt Henriette und würde am liebsten das Mailfach mit einem einzigen Klick leeren. Delete, denkt sie und sie denkt wieder an Martins Mail. Der will sich jetzt selbständig machen, genau das steht in diesem Mail, das Henriette um ein Haar übersehen hätte. Das sie 1 Mal gelesen und dann sofort wieder geschlossen hat vor Schreck.

Er sehe es als Chance, immerhin habe er noch etliche Jahre bis zur Pension, und es sei doch eigentlich eine positive Perspektive, diese Jahre nicht mehr in diesem Doner & Wegenstein-Affenstall verbringen zu müssen, sondern in seinem eigenen. Martin-Hübner-Affenstall mit beschränkter Haftung. Was sie davon halte. An dieser Stelle prangten drei Smileys. Dass Martin Smileys verwendet, hat Henriette extrem gewundert, sie hätte viel eher vermutet, dass er Emoticons nicht einmal kennt.

Henriette liest das Mail nun schon zum 3. Mal, aber es steht immer noch dasselbe drin. Dass er schon mit jemandem von der Wirtschaftskammer geredet habe, dass es zwar umständlich – schließlich sei man in Österreich –, aber machbar sei, sich in recht kurzer Zeit selbständig zu machen, ja dass er sogar schon einen Besichtigungstermin für ein Büro habe. Ganz am Ende steht dann, dass in diesem Büro gut Platz für 2 Leute wäre und ob sie nicht mitmachen wolle. Mitmachen? Ob sie bei Doner & Wegenstein nicht kündigen, aber weiterhin mit ihm zusammenarbeiten und dieses Büro mit ihm gemeinsam beziehen wolle. An dieser Stelle bleibt Henriette jedes Mal hängen. Gemeinsam.

Gemeinsam, sie liest dieses Wort immer wieder. Sie wiederholt es so oft in ihrem Kopf, bis es sich wie in einer Dauerschleife gefangen selbst wiederholt, während sie sich mit Martin Tisch an Tisch arbeiten sieht. Sie beide schauen in ihre Bildschirme, die Tastaturen klappern, die Kaffeehäferl stehen einander gegenüber, als ob sie auf dem Weg zum ersten Date wären. Die Handys hängen gerade am Strom. Wo die beiden Schreibtische zusammenstoßen, stehen zwei hübsche Keramikvasen. Henriette hat sie ausgesucht, weil sie viel schöner sind als die hässlichen Plastikdinge, in denen Kugelschreiber, Stifte, Schere, Lineal usw. sonst stecken.

Das Büro, Altbau, hat große Fenster, vor denen ein Baum steht. Eine Platane vielleicht. Henriette fällt ein, dass sie nicht weiß, wie eine Platane aussieht, also googelt sie zur Sicherheit. Schließlich will sie den Baum erkennen, wenn es so weit ist. Ja, eine alte, eine große Platane wird es sein, mit kräftigen Ästen und mit einem Stamm, der seine Haut immer wieder abwirft. Es ist Sommer, der große Baum steht voll im Laub. So viel Grün! Henriette sieht, wie Martin aufsteht und die Fenster schließt, weil die Müllabfuhr so einen Lärm macht, dass es nicht auszuhalten ist. Henriette lächelt, weil Martins Ärger immer wieder gleich frisch ist, obwohl die Müllabfuhr doch an jedem Donnerstag kommt und jedes Mal gleich laut ist. Sie würde aber ernst dreinschauen, wenn er zurück zum Schreibtisch kommt. Sie würde ihm empört zustimmen und dann würden sie wieder hinter ihren Bildschirmen sitzen und weiterarbeiten.

Jetzt aber. Jetzt aber sitzt sie in ihrer Wohnung. Ihr Laptop steht nicht auf dem Schreibtisch im neuen Büro, sondern auf dem Tisch im Wohnzimmer. Er gefällt Henriette immer noch. Nur die Blumen muss sie endlich wegwerfen. Sie sind schon seit langer Zeit ganz welk. Das Kaffeehäferl steht alleine da, es hat kein Gegenüber und ich auch nicht, denkt Henriette. Sie steht auf und beginnt, ziellos in der Wohnung herumzugehen. Sie ist erleichtert, dass sie wieder besser gehen kann als noch vor kurzer Zeit, denn im Gehen kann sie am besten nachdenken.

HENRIETTE HAT EINE SEELE

Plötzlich ist jemand da gewesen. Da hat ihr plötzlich jemand Tee gemacht, Pfefferminztee mit einem Löffel Honig, weil Honig gut für die Nerven ist und auch gut schmeckt. Da hat jemand *Das wird schon wieder!* gesagt, wenn die Mutter geschimpft hat. Da hat sie jemand in den Arm genommen, da hat sie jemand an sich gedrückt. Da hat ihr jemand ein Klavier gekauft, weil es eine Verschwendung wäre, wenn man so ein Talent brachliegen ließe. Da hat ihr jemand die Haare aus dem Gesicht gestrichen und sie aufs schlafende Gesicht geküsst, aber als sie die Augen öffnet, ist niemand da. Sie will sich umdrehen, um nach ihm zu sehen, doch da gibt es plötzlich diese Hände. Schwere Männerhände auf ihrem Hals, auf ihrer Brust, auf ihrem Bauch, und von hinten kommt der Geruch über sie.

Unerträglich. Henriette muss sich übergeben. Einmal und noch einmal. Und noch einmal. Henriette bricht sich die Galle aus dem Leib. Schließlich sitzt sie mit zitternden Knien am Küchentisch, wischt sich über den Mund. Schüttelt sich vor Ekel. Unterdrückt den nächsten Würgereiz. Es ist ja schon alles heraußen. Sie will sich nicht auch noch die Seele aus dem Leib kotzen. Die kriegt niemand, denkt sie.

Henriette hat den Amerikaner gemocht. Er war nicht so langweilig wie die anderen Freunde der Mutter. Er sagte How do you do mit Gummischuh zur Begrüßung, und während sich die Mutter im Bad zum Fortgehen fertigmachte, erzählte er Witze und Geschichten aus Amerika. Er bewunderte Henriettes Zeichnungen, er kaufte ihr das langersehnte Klavier und beklatschte ihre ersten kleinen Übungen. Er brachte ihr fast jedes Mal eine Tafel Schokolade mit. Oder Chips. Im Sommer hatte er manchmal sogar Eis dabei, das Henriette schnell essen musste, weil es schon ganz weich geworden war und gleich auf den Parkettboden tropfen würde. Die Mutter musste wegen den vielen Süßigkeiten jedes Mal mit ihm schimpfen, weil das Kind doch eh schon zu dick war, aber er hat ihr hinter dem Rücken der Mutter zugegrinst und sie hat zurückgeblinzelt. Bis er sie dann eines Tages, als die Mutter nach einem Donnerwetter im Bad verschwunden war, weil er es diesmal aber wirklich zu arg getrieben hatte mit den Süßigkeiten und Coca-Cola hat er auch noch mitgebracht, bis er Henriette eines Tages am Kinn genommen und ganz anders angeschaut hat. Bist doch ein hübsches Mädchen, hat er gesagt und dabei hat er ihren Kopf hin und her gedreht. In der Nacht, als die Mutter geschlafen hat, ist er dann an ihr Bett gekommen. Bist doch ein hübsches Mädchen. Henriette hat den Tonfall noch im Ohr, den leichten amerikanischen Akzent, obwohl er doch eigentlich ein Wiener war. Ihr Magen krümmt sich. Trotz allem, hat die Mutter gesagt, war er ein guter Mann, weil er sie zwar wie der unnötige Vater von Henriette sitzen lassen habe, weil ihr aber immerhin die Wohnung geblieben sei, als er wieder zurück nach Amerika gegangen ist. Weil ihm Österreich zu klein und der Mutter Amerika zu groß war. Henriette hat nie wieder etwas von ihm gehört oder gesehen, nur sein Geruch ist in der Wohnung hängen geblieben.

Sie zieht sich aus und steckt das Gewand in die Waschmaschine. Sie füllt Waschpulver in die Waschpulverkammer und schließt das Bullauge. Als sie sich bückt, überwältigt sie der Würgereiz ein letztes Mal. Es kommt kaum mehr etwas aus ihr heraus. Sie wischt den Fleck auf dem Badezimmerboden weg, wischt immer wieder über dieselbe Stelle. Als sie sich aufrichtet, dreht sich ein Schwindel in ihr und das so plötzlich und so schnell, dass sie fast umfällt. Als ob sie einen Dschinn in sich hätte, denkt Henriette, und wünscht sich etwas. Sie wäscht sich mit Seife den Mund aus, als ob sie etwas richtig Schlechtes gesagt hätte, und sie putzt sich minutenlang die Zähne. Sie schiebt sich zwischen den Plastikwänden in die Duschkabine und stellt sich unter den Duschkopf. Regenwaldduschkopf. Groß genug für Henriette. Sie lässt heißes Wasser über sich laufen, damit es den ganzen Dreck endlich wegspülen kann. Sie hält den Kopf extra schief, einmal links, einmal rechts, damit das Wasser auch direkt auf ihren Hals trifft. Über ihren Schultern teilt es sich und gleitet in weiten Wellen an ihr ab. Wie ein leichtes Sommerkleid fällt es an ihr herunter. Sie denkt an ihre Seele. Als ob sie sich – weinend – nach außen gestülpt hätte, denkt Henriette und streicht sich über die nasse Haut.

HENRIETTE GEHT AN DIE LUFT, OBWOHL ES SCHNEIT

Henriette findet die Gummistiefel ganz hinten im Regal, daneben stehen die dunkelblauen Ballerinas. Rauleder. Sie nimmt die Schuhe in die Hand. Sie sind immer noch schön. Das tiefe Blau, die einfache Form. Viele Jahre stehen sie schon im Regal. Seit Langem kauft sie nur noch Crocs, die passen immer und sie muss sich nicht bücken, um in sie hinein- und wieder herausschlüpfen zu können. Die Ballerinas hat Henriette kein einziges Mal getragen, sie waren von Anfang an zu schmal für ihre Füße. Aber die Gummistiefel sind breit und haben einen niedrigen, weiten Schaft. Vor ein paar Jahren ist sie aber beim Versuch, sie überzuziehen, in der Hälfte des Schafts stecken geblieben. Das war es dann.

Jetzt versucht sie es erneut, weil sie unbedingt an die Luft muss. Koste es, was es wolle, hat sie sich beim Frühstück gedacht. Und: Ich muss raus, denkt sie jetzt, und dafür muss sie in diese Stiefel hinein. Es schneit schon den ganzen Morgen, die Wege sind sicher noch nicht geräumt, es ist einfach zu rutschig. Sie wird sich alle Knochen brechen, wenn sie keine festen Schuhe anhat. Wenigstens diese Gummistiefel müssen es sein.

Nach mehrmaligem Hin und Her schafft sie es tatsächlich: plötzlich ein Ruck und sie steht im 1. Stiefel. Beim 2. stellt sie sich geschickter an oder aber der 2. Fuß ist kleiner, das Anziehen geht auf jeden Fall schneller. Endlich kann sie sich wieder aufrichten, schwitzend, atemlos, aber zufrieden. Sie geht ein paar Schritte vor und ein paar Schritte zurück. Ja, die Stiefel sitzen fest, aber nicht zu fest. Sie passen, auch wenn es ein ungewohntes Gefühl ist, wieder richtige Schuhe an den Füßen zu haben. Dann knöpft sie die Jacke zu – es ist sicher richtig kalt draußen – und holt den Mantel aus dem Kasten. Er lässt sich trotz Jacke problemlos schließen. Henriette atmet tief ein. Ja, das geht auch noch. Sie sucht nach einer Mütze und einem Schal. Sie steckt ihr Handy in die Manteltasche, sie öffnet die Tür, sie verlässt die Wohnung, sie braucht Luft.

Egal, was es kostet, hat Henriette gedacht und beschlossen, raus aus der verdammten Wohnung und irgendwohin anders zu gehen. Vielleicht zum Spielplatz gegenüber, vielleicht sogar in den Park, wenn sie das schafft. Vielleicht einfach den Weg entlang, wie ihn Sonja immer mit den Kindern geht.

SCHÖN WÄR'S

Martins Vorschlag geht Henriette durch den Kopf, während sie Wäsche in die Waschmaschine steckt, während sie die Wäsche aus der Waschmaschine holt, während sie die Wäsche aufhängt. Während sie den Laptop einschaltet, während sie den Drucker einschaltet, während sie Papier einlegt und die Unterlagen fürs heutige Meeting ausdruckt. Sollte sie kündigen? Sollte sie tatsächlich von sich aus die Firma verlassen? Einfach kündigen? Martin hat kein Wort mehr über seinen Vorschlag verloren. Er hat einfach weitergemacht, als ob er ihr nie von dieser neuen Firma erzählt hätte. Henriette hat nicht nur einmal überlegt, ob sie ihn drauf ansprechen sollte, nachfragen, nachhaken. *Nicht locker lassen, dranbleiben, lästig sein* – so ist man erfolgreich.

Ob er immer noch diese eigene Firma gründen wolle, sollte sie ihn fragen, oder ob das womöglich schon längst passiert sei. Ob er schon ein Büro habe. Ob er die Idee, sie mitzunehmen, immer noch gut finde. Warum sie diese doch so naheliegenden Fragen einfach nicht herausgebracht hat? Henriette weiß es nicht. Vielleicht weil Martin sie in genau diesen Augenblicken immer so fremd angeschaut hat. Als ob er die Antwort schon längst auf den Lippen hätte, als ob er nur auf ihre Frage warten würde, um diese eine Antwort loszuwerden, die Henriette nicht hören will. So sorgt Henriette lieber wie immer dafür, dass während ihrer Zoom-Sitzungen kein Laut ins Zimmer dringen kann. Sie hat sogar die Türklingel ausgeschaltet, weil Sonja, aber auch dieser neue Obernachbar neuerdings immer wieder bei ihr klingeln. Sonja mit Margarete im Arm, Henry Schneider mit irgendeiner Frage oder einer Bitte.

Und dann sagt Martin ab. Wieder einmal. Henriette ist sauer. Genau heute hat sie nämlich wirklich alles vorbereitet, auch sich selbst. Sie hat sich zusammengerissen, so fest hat sie sich zusammengerissen, hat sie alle ihre Fragen in einen Sack gesprochen und den Sack oben zugebunden. Und geöffnet hätte sie ihn erst im letzten Moment, nämlich erst, wenn Martins Gesicht auf dem Bildschirm erschienen wäre. Die Fragen wären einfach nach der Reihe herausgefallen. Ja, sie hätte das durchgezogen, weil Durchziehen das Entscheidende am Erfolgreichsein ist. Ja, heute hätte sie ihn gefragt. Und nun dieses knappe Mail. Bin verhindert. Melde mich in den kommenden Tagen bei dir. Henriette klappt den Laptop zu und schaltet die Türklingel wieder ein.

Das war's, denkt sie.

Im Kühlschrank findet sie nichts, was sie brauchen kann. Eis hat sie auch keines mehr. Sie ist nachlässig geworden. Sie greift zum Handy, wenigstens hat sie die Nummer vom Lieferdienst noch eingespeichert. Expresslieferung. Ja, unbedingt. Doch als es dann läutet, steht Sonja vor der Tür. Mit Kuchen. Ja, mit zwei Kuchenstücken.

Ich hab Geburtstag.

Henriette ist so irritiert, dass sie nur ein O herausbringt.

Sonja drängt sich an Henriette vorbei in die Wohnung: Schnell, es ist kalt!

Henriette tritt zur Seite. Erst als die beiden in der Küche sind, Henriette die Kuchengabeln auf den Tisch legt und die Kaffeehäferl aus dem Regal nimmt, wünscht sie Sonja alles Gute: Und wie alt bist du geworden?

35.

Was für ein schönes Alter, sagt Henriette, und als ob es da

irgendeinen Zusammenhang gäbe, fährt sie fort: Würdest du mit über 50 noch einen neuen Job annehmen?

Sonja sticht sich ein großes Stück Kuchen ab: Warum nicht? Das Alter ist doch nur eine Zahl!

Das denkst du, denkt Henriette, die es besser weiß, weil sie sich mit Zahlen auskennt. Nur mit dem Alter kenne ich mich nicht aus, denkt sie, während sie Sonja zunickt.

Schmeckt gut! Selbst gebacken?

Nein, hat mir meine Mutter gebracht.

Brave Mutter.

Ja. Sie ist extra nach Wien gekommen, damit sie mir die Kinder für einen Tag abnehmen kann.

Und da hat das Mädel nichts Besseres zu tun, als zu mir heraufzukommen, wundert sich Henriette.

35, da hast du das ganze Leben noch vor dir, sagt sie.

Schön wär's, sagt Sonja.

Ja, schön wär's, sagt Henriette.

HENRY SCHNEIDER UND DIE SEHNSUCHT

Er hat aus Rücksicht den Lift genommen, denkt Henriette. Allein wäre er ganz sicher das eine Stockwerk zu Fuß hinaufgegangen. Der Gedanke ist Henriette peinlich. Umso genauer achtet sie darauf, wenigstens nicht an ihm anzustoßen, was gar nicht so einfach ist, denn der Lift ist ziemlich eng. Sie seufzt erleichtert auf, als sich die Türen schließen und der Lift mit einem Ruck losfährt. Hoffentlich hat er das Seufzen nicht gehört, denkt sie und lächelt Henry Schneider zu. Sie kommt sich fehl am Platz vor, wie falsch eingestiegen. Warum bin ich bloß mitgegangen, denkt sie, doch da steht der Lift auch schon wieder und sie steigen aus. Henry Schneider nestelt an seinem Schlüsselbund. Unmengen Schlüssel sind das. Der kann nichts wegwerfen, denkt Henriette. Oder er hält sich für Petrus. Nein, nicht Petrus, dafür sind seine Augen zu freundlich. Blau – Henriette hat extra aufgepasst: Seine Augen sind blau wie ihre. Und wie die ihrer Mutter. Endlich hat er den richtigen Schlüssel gefunden. Er sperrt die Tür auf und bittet Henriette herein. Blaue Augen sind leere Versprechungen. Immer schon gewesen, denkt sie.

Ich bin hier nämlich aufgewachsen, sagt sie, nein: hört sie sich sagen. Oder hat sie es gar nicht gesagt? Von Henry Schneider kommt keine Reaktion. Er ist ins Wohnzimmer vorgegangen, winkt ihr von dort, wo früher der Esstisch gestanden ist, zu: Kommen Sie doch weiter.

Warum sie mit ihm da heraufgekommen ist, kann sich Henriette nicht erklären. Es war in diesem Moment, wo sie einfach *Ja gern* gesagt hat, so selbstverständlich. Er hat ihr den Kellerschlüssel zurückgegeben und sie gefragt, ob sie nicht ein wenig Milch für ihn hätte, ohne Milch würde er seinen Kaffee nicht trinken können und er würde die Nacht durcharbeiten müssen und die Geschäfte seien doch schon geschlossen. Wie ein Wasserfall hat er geredet, Henriette hat ihr *Ja gern, kein Problem* mehrfach sagen müssen, damit er es auch zur Kenntnis nimmt, und mittendrin hat er sie gefragt, ob sie nicht auf einen Kaffee mit hinaufkommen wolle. Da kann ich Ihnen auch zeigen, was ich grad mache. Und mit einem Lachen: Was mich meinen Nachtschlaf kosten wird. Und Henriette: *Ja gern, kein Problem* und da war es auch schon passiert und jetzt steht sie da im Wohnzimmer ihrer Mutter.

Der Esstisch steht jetzt am Fenster, über und über bedeckt mit großformatigen Fotografien. Henry Schneider schiebt sie zur Seite und zieht einen Sessel an den Tisch: Setzen Sie sich doch, ich bring gleich den Kaffee.

Er verschwindet in der Küche, Henriette schaut sich vorsichtig um. Keine Möbel, aber überall Schachteln. Immer noch, und sie stehen da, als ob sie seit dem Einzug nicht bewegt worden wären. Der ganze Raum wirkt provisorisch, aber nicht unangenehm, denkt Henriette. Frei, denkt Henriette und würde am liebsten aufstehen und herumgehen. Einfach so. Ohne Grund.

Als Henry Schneider wieder ins Zimmer kommt, schaltet er das Licht ein.

Es wird immer noch so früh dunkel, sagt er. Obwohl es doch schon fast Frühling ist.

Henriette nickt, ihr fällt auf, dass es keine Vorhänge gibt. Trotzdem ist die Nacht hier nicht so schwarz wie bei ihr unten. Als ob sie in dieses Zimmer hereinnicken würde, in dem sie und dieser fremde Mann sitzen. Sie wird heute nicht schlafen können, weil sie so spät keinen Kaffee mehr verträgt. Die Mutter konnte Kaffee trinken und 5 Minuten später tief schlafen, aber sie, Henriette, wird kein Auge zutun können. Henry Schneider zieht eines der Fotos aus dem Stoß:

Das ist eine unterirdische Produktionsstätte. Für Flugzeuge. Er greift nach dem nächsten.

Und das ist ein unterirdisches Tunnelsystem. Sogar mit Stromversorgung. Schauen Sie: Da liegen noch die Kabel herum.

Auf dem nächsten Foto ist der Eingang zu einem Bunker zu sehen, schon fast zugewachsen. Alles ist grün. Grün in allen Formen und Schattierungen und drunter das Grau vom Beton.

Fast schön, sagt Henriette. Eigentlich ist das alles fast schön.

Ja, sagt Henry Schneider. Lost Places. Deshalb fotografiere ich sie. Er blättert durch die Fotos, gedankenverloren.

Die muss ich bis morgen geordnet haben, sagt er nach einer Weile. Er würde morgen einen Plan brauchen, ein Konzept. Da habe er nämlich einen Termin bei einem Verlag.

Henriette kommt vor, als ob Henry Schneider sie vergessen hätte. Als ob er gar nicht mehr zu ihr spräche, als ob er in sich abgetaucht wäre, als ob er selbst ein solcher Lost Place wäre. Sie spürt etwas, nein, nicht etwas, sie spürt Henry Schneider, sie spürt Henry Schneiders Sehnsucht. Oder ist es ihre? Sehnsucht wonach?

Wollen wir nicht Du sagen?, sagt sie und Henry Schneider nickt: Gern.

DAS HAUS WÄCHST

Die Finger gebrochen, das Herz gebrochen, das Genick gebrochen. Und trotzdem spielt Henriette. Spielt Henriette Chopin. So gut es eben geht. Immer wieder fehlt ihr ein Stück. Henriettes Mutter hat Chopin geliebt. Das war eben noch Musik, hat sie gesagt. Am liebsten hatte sie die Nocturnes. Und dass Henriette wie geboren für Chopin sei, hat sie gesagt.

Immer wieder bleibt Henriette hängen. Mir fehlen die Noten, denkt sie. Mir fehlt die Übung, denkt sie. Mir fehlt die Mutter, denkt sie und erschrickt über diesen Gedanken.

Die Finger gebrochen, das Herz gebrochen, das Genick gebrochen. Henriette lässt den Deckel mit so viel Schwung aufs Klavier fallen, dass es kracht. Was dich nicht umbringt, macht dich nur härter, das war der Lieblingssatz des Amerikaners. Wenn er ihn gesagt hat, hat er Henriette auf eine ganz spezielle Art angeschaut. Als ob dieser Satz ein Geheimnis wäre, das nur sie beide kannten. Henriette war todtraurig, als er sie verlassen hat. Eines Tages war er dann einfach weg. Verschwunden. Ein Sauhund wie dein Vater, hat die Mutter gesagt. Aber wenigstens haben wir die Wohnung. Und Henriette hatte das Klavier. Und ihre schönen, schlanken Finger, wie gemacht für Chopin. Doch, es hätte sein können: Eine große Karriere hätte sie vor sich gehabt mit diesen Händen und mit diesem außergewöhnlichen Gefühl für Rhythmus. Schon als kleines Mädchen hat sie zum Niederknien schön spielen können. Zum Niederknien, hat die Mutter immer wieder zu ihren Freundinnen gesagt. Mein letztes Hemd geb ich für deine Ausbildung, hat die Mutter gesagt. Nur damit etwas wird aus dir. Etwas Besonderes. Aber dann hat Henriette einfach nicht mehr mitgespielt. Aus purem Trotz, hat die Mutter zu ihren Freundinnen gesagt. Und dass ihr Henriette damit das Herz gebrochen hat.

Wer weiß, denkt Henriette, vielleicht ist es gar nicht die Mutter, sondern ist sie es gewesen, die da unter dem Auto gelegen ist mit diesem letzten Blick. Dieser letzte Blick, der nicht ihr gegolten hat. Weiß die Hölle, wohin sie in ihren letzten Minuten geschaut hat, kurz bevor ihr die Augen in irgendeine Ferne weggebrochen sind. Als Henriette wie verrückt geschrien hat, bis ihr der Notarzt endlich eine Spritze verpasst hat. Gleich geht's besser. Henriette spürt die Einstichstelle noch heute, wie sie auch den letzten Blick der Mutter noch heute sieht, wie er in die Ferne aufbricht, und sie spürt heute noch, wie sein Echo auf sie fällt. Auf sie zurückfällt.

Henriette steht auf und schiebt den Klavierhocker unters Klavier. Sie geht in die Küche. Sie öffnet den Kühlschrank, sie schließt ihn wieder. Sie geht auf und ab. Heute ist einer dieser Tage, denkt sie. Wie eingesperrt, denkt sie. Das Fenster. Die Menschen da unten scheinen ihr Teil einer künstlichen Landschaft zu sein, ebenso wie die Landschaft mitten in ihren Bewegungen erstarrt. Erst als Henriette das Fenster öffnet, ist alles wieder normal.

Obwohl es noch kalt ist, riecht es schon nach Frühling. Nach Regen und nasser Erde, nach Sonnenstrahlen auf dem Blech der Fensterbank. Die Bauarbeiten an der Wohnhausanlage gegenüber sind wieder aufgenommen worden. Ein paar Arbeiter sind bereits unterwegs, der Kran dreht seinen langen Arm, an seinem Ende hängt eine riesige Betonplatte, der Boden fürs nächste Stockwerk. Henriette sieht Jakob am Bauzaun stehen. Ungewöhnlich, denkt sie, das muss den kleinen Kerl echt interessieren. So still dastehen hat sie ihn noch nie gesehen. An der

Hand hat er einen Roller, lang wird es nicht dauern, da wird er wieder herumflitzen und johlen und kreischen, wenn ihm jemand in den Weg kommt. Wenn sie das Treffen mit Martin hat, darf sie nicht vergessen, das Fenster zu schließen.

Vorsichtig wird die Bodenplatte auf die Mauern abgesenkt. Die Arbeiter rufen einander irgendetwas zu, einer winkt hinauf zum Kranfahrer. Morgen werden sie schon am nächsten Stockwerk bauen. Das Haus wächst.

HENRIETTE GEHT MIT

Wie klug die Kleine schauen kann! Ganz ruhig liegt Margarete in ihrer Wippe und scheint nicht nur Henriettes Gedanken lesen, sondern sie auch verstehen zu können. Und weiter?, scheint sie zu fragen, nachdem Henriette von dem Mail gesprochen hat, das am Vormittag in ihr Postfach geflattert ist. Schon der Betreff war beunruhigend: Ende der Coronamaßnahmen. Ende? Ende ist nie gut, hat Henriette gedacht, und so war es auch. Das Homeoffice läuft aus. Aus infektiologischer Sicht gebe es keine Notwendigkeit mehr, man freue sich, Mitarbeiter und Mitarbeiterinnen bald wieder im Haus zu haben. Alle. Und in diesem Alle stecke auch ich, hat Henriette zu Margarete gesagt und Margarete hat sie angeschaut, als ob sie das Dilemma in seiner ganzen Bedeutung verstehen könnte. Wortlos verstehen könnte. Und jetzt?

Erst einmal bringt Henriette die Babytasche und das Fläschchen mit der vorbereiteten Milch in die Küche. Sonja hat einen Eheberatungstermin. Ganz überraschend. Sie habe nicht Nein sagen können. Sie sei ja der kooperative Typ. Und er sei ja immerhin der Vater ihrer Kinder. Henriette legt sich die Flasche an die Wange, sie ist noch warm. Mach das nicht, hat sie zu Sonja gesagt. Er ist ein Arschloch und wird immer ein Arschloch bleiben. Ich weiß, hat Sonja gesagt, aber trotzdem. Danke, dass du mir Margarete nimmst. In zwei Stunden spätestens sei sie wieder zurück. Aus dem Wohnzimmer kommen hohe, belustigt klingende Laute.

Mädchen, die pfeifen, und Hähnen, die krähn, soll man

beizeiten den Hals umdrehn, denkt Henriette. Vor allem den Hähnen, hat die Mutter gesagt und gelacht.

Das Kind schaut Henriette erwartungsvoll entgegen, als sie ins Wohnzimmer zurückkommt. Ich weiß es nicht. Ich weiß einfach nicht, was ich machen soll, denkt sie.

Doch, denkt Margarete, du weißt es.

Was für ein kluges Kind. Hoffentlich bleibt die Kleine so ruhig. Henriette klappt den Laptop auf und fährt sich schnell durch die Haare. Sie greift sich an die Ohrläppchen. Heute keine Ohrringe. Es war einfach zu hektisch. Seit wann ist ihr Leben so hektisch geworden. Ein Glück, dass sie sich wenigstens angewöhnt hat, sich gleich nach dem Frühstück zu waschen und anzuziehen. Sonst hätte sie jetzt ein größeres Problem als die fehlenden Ohrringe. Da kommt die Zoom-Einladung.

Martin hat den Kopf noch nicht einmal ganz in ihre Richtung gehoben, da platzt es aus Henriette heraus:

Ich habe mich entschieden.

Langsam, langsam! Erst einmal: Hallo und Guten Tag! Martin scheint nicht begriffen zu haben.

Ich habe mich entschieden!

Wofür genau entschieden? Noch immer keine Begeisterung bei Martin.

Ich gehe nicht zurück. Ich werde kündigen.

Martins Augen suchen irgendwo herum, er wirkt uninteressiert. Er scheint einfach nicht zu verstehen, wie sensationell Henriettes Ankündigung ist.

Oder was meinst du? Sie hört selbst, wie kleinlaut sie auf einmal klingt.

Ich meine gar nichts, das ist doch ganz allein deine Entscheidung.

Kein Wort sagt er über seine neue Firma. Was ist mit seiner Idee, was ist mit seinem Angebot? Kein Wort, kein Ton. Als ob er nie davon gesprochen hätte. Als ob es ihn nicht das kleinste bisschen interessieren würde, ob sie mitmacht. Auf das leise Greinen von Margarete reagiert er aber sofort.

Was ist denn da los bei dir?

Nichts, ich habe nur das Baby einer Nachbarin bei mir. War ein Notfall. Aber die Kleine ist brav. Ist eine ganz Ruhige.

Henriettes Blick fällt auf Margarete und bleibt dort liegen. Einfach so, bleibt einfach seelenruhig auf dem Kindergesicht liegen, als ob es nur sie beide gäbe und keinen Martin oder sonst jemanden, und Henriettes Worte fallen nicht mehr aus ihr heraus, sondern in sie hinein und sie fallen weich. Wie in ein Federbett fallen sie und bleiben dort liegen, als ob es das Selbstverständlichste auf der Welt wäre, ja als ob genau das ihre Bestimmung wäre. Als ob sie wüssten: Wenn es an der Zeit ist, wird Henriettes Atem wieder schneller werden und sie mit hinauf und hinaus nehmen.

Henriette schweigt ziemlich lang und dann sagt sie plötzlich, wie ohne ihr Zutun wird ihr Atem schneller und dann sagt sie:

Ja, machen wir's gemeinsam. Ich komme mit. Wenn es dir recht ist, komme ich gern in deine neue Firma mit.

Margarete greint und das Greinen wird immer lauter. Die Kleine hat Hunger. Wenn sie ihre Flasche nicht bekommt, wird's richtig laut.

Sollen wir morgen weitermachen? Oder am Abend? Geht das?

Henriette klappt den Laptop zu. Sonst schläft die Kleine immer viel länger, denkt sie. Hoffentlich ist die Milch noch warm. Und: Martin? Was hat er gesagt? Hat er was gesagt?

Ja, er hat geantwortet, Henriette hat es genau gehört. Er freue sich. Er habe sie nicht drängen wollen, aber er habe auf diese Entscheidung gehofft. Das Büro sei groß genug für sie beide, er habe den Mietvertrag schon unterschrieben. Deshalb hat er ihr Meeting unlängst absagen müssen. Das Büro würde ihr gefallen. Altbau, richtig schön renoviert. Eine Platane vor dem Fenster – nein, die Platane hat sich Henriette nur dazugedacht. Aber alles andere hat er wirklich gesagt.

DAS ARME KIND

Als Sonja zurückkommt, ist ihr Gesicht verschlossen und Henriette fällt auf, dass sie ihre Gedanken nicht mehr lesen kann. Schon seit einigen Wochen nicht mehr. Und auch von Margarete, die Sonja gerade sehnsüchtig die Arme entgegenstreckt, hört Henriette außer Babygebrabbel nichts mehr. Automatisch denkt sie an Martin. An das mit dem neuen Büro. Sie überlegt, ob sie seine Gedanken noch lesen kann. Sie weiß es nicht, nicht mit Bestimmtheit. Besser wäre es, wenn ich es nicht mehr könnte, denkt sie. Besser ist es, wenn er das mit dem Büro wirklich gesagt und nicht nur gedacht hat. Platane braucht sie eh keine. Wer braucht schon Platanen.

Du hast recht gehabt, sagt Sonja und nimmt Margarete auf den Arm. Er ist ein Arschloch, immer schon gewesen. Sie streicht dem Kind über den Kopf: Sind wir froh, dass wir ihn los sind.

Er hat sich verloren, hat er gesagt. Stell dir vor, der stellt sich echt hin und sagt zu mir, dass er sich in unserer Ehe verloren hat. Und das mit einem Augenaufschlag, ich sag's dir.

Hollywoodreif! Und dann diese Eheberaterin ... das kannst du dir nicht ausdenken. Die hätte ihm am liebsten beim Suchen geholfen. Sofort. Solche Augen hat sie gemacht – Sonja reißt ihre Augen auf. Margarete beginnt zu weinen. Du armes Würmchen, sagt Sonja und drückt sie an sich. Jetzt hast du keinen Vater mehr.

Henriette wirft schnell ein: Tee oder Kaffee?

Nichts. Ich hab genug. Genug von allem.

Dann setz dich wenigstens.

So ein Dreckskerl. Die Show kann er woanders abziehen, bei mir sicher nicht. Und die Kinder kann er auch vergessen. Lieber niemand als so was Verlogenes. Verlogenen, verlogenen, verlogenen ... Sonja gehen die Worte aus.

Der hat schon lang eine andere, sagt sie schließlich. Bei der wird er sich wahrscheinlich gefunden haben. Sie schweigt wieder, erst als sie aufsteht und zur Tür geht, redet sie weiter: Ich geh dann die Kinder abholen. Danke, dass du mir auf die Kleine geschaut hast.

Soll ich?

Danke nein, ich nehme sie lieber mit. Sie war heute noch nicht draußen.

Sonja ist schon längst weg, da hallen ihre Worte in Henriettes Wohnung immer noch nach. Henriette hat ja gleich ein schlechtes Gefühl gehabt. Und was hat's genützt? Nichts hat's genützt. Sonja hat so müde ausgesehen. Abgekämpft, ausgelaugt, und blass war sie auch, und dann die roten Flecken auf den Wangen und am Hals, während sie wie ein Maschinengewehr vor sich hin geredet hat. Armes Mädchen, denkt Henriette. Ich hätte sie in den Arm nehmen sollen. Sie war so traurig. Das arme Kind, denkt Henriette immer wieder. Das arme Kind. Plötzlich beginnt Henriette zu weinen. Das arme Kind. Sie weint immer heftiger. Sie hätte das Kind in den Arm nehmen sollen. Das arme Kind, so allein. So traurig.

Henriette sucht nach einem Taschentuch – Den Rotz nicht aufziehen, sonst ziehst du ihn dir ins Gehirn! –, da fällt ihr plötzlich der mit den leer geweinten blauen Augen ein. Sie hat ihn gemocht, eigentlich, aber nicht so, wie er sie gemocht hat. Deshalb wollte er auch immer in ihre Seele schauen. Ob er sich drin findet. Deshalb hat sie ihn auch nach Strich und Faden und so überzeugend angelogen, dass sie sich fast selbst geglaubt hat. Wie der Mann von Sonja, denkt Henriette. Lauter verlorene Seelen, denkt sie und hat die grünen Augen von Martin vor sich, urwaldgrün. Sie überlegt, was da wohl auf dem Grund liegt und wer und vor allem mit wem. Vielleicht hätte sie damals noch ein wenig besser lügen sollen, denn ein Schlechter ist der mit den leer geweinten blauen Augen schließlich nicht gewesen.

Wenigstens keine leeren Versprechungen, und an seine Traurigkeit hätte sie sich mit der Zeit sicher gewöhnt. Nein, hätte sie nicht. Nie im Leben, denkt sie.

HENRIETTE STEHT AUF

Henriette kann auf der Bettkante sitzen bleiben oder aufstehen. Sie kann sich anziehen oder im Nachthemd in die Küche gehen. Sie kann sich Kaffee oder Tee zum Frühstück machen. Sie kann 1, 2, 3 oder 4 Brote zum Frühstück essen. Sie kann auch den ganzen Wecken zum Frühstück essen. Oder zu Mittag. Oder am Abend oder über den Tag verteilt. Henriette kann Sonja eine WhatsApp-Nachricht schreiben oder Martin. Ja sogar dem Neuen im Oberstock könnte sie eine Nachricht schreiben. Sie kann beim Zähneputzen in den Spiegel schauen oder ins Waschbecken. Sie kann Grimassen in den Spiegel schneiden oder an ihren Haaren herumzupfen. Sie kann die schwarze oder die blaue Hose anziehen. Das beige T-Shirt oder den ganz neuen Pullover, der erst gestern gekommen ist. Er ist ein wenig eng und vielleicht auch zu bunt für eine Frau ihres Alters und Umfangs, aber sie wird ihn nicht zurückschicken. Sie könnte es, aber sie wird es nicht tun. Sie kann zu Hause bleiben oder bei der Tür hinausgehen. Zum Einkaufen, zum Spazieren. Oder nur einen Stock tiefer oder höher gehen, weil sie zum Kaffee eingeladen ist. Sie kann den Lift nehmen oder zu Fuß gehen. Zu Fuß. Sie kann zu Martin ins neue Büro gehen oder in der alten Firma bleiben. Sie kann ins Kino gehen oder in den Park. Sie kann Margarete mitnehmen, sie kann Jakob mitnehmen oder alle 4 Kinder. Sie kann mit Jakob zum Spielplatz gehen, sie können am Bauzaun stehen bleiben und zuschauen, wie das neue Haus wächst. Oder sie schaut einfach aus dem Fenster. Sie kann auch allein in den Park gehen.

Die Büsche und Bäume werden schon voller Frühling sein. Die Knospen kurz vor dem Aufspringen. Voller Leben, denkt Henriette. And so am I, denkt sie und steht auf. Ja, sie könnte auch wieder Batterien in die Waage stecken und sich wiegen, aber sie wird der Versuchung widerstehen. Henriette hat sich entschieden.

IM PARK MIT HENRY SCHNEIDERS SOHN

Es ist einer der ersten warmen Frühlingstage, der Park ist voller Menschen, die Bänke sind alle besetzt. Hoffentlich findet sie trotzdem irgendwo einen leeren Platz zum Ausruhen, denn nach Hause muss sie auch noch gehen und da muss sie sich vorher unbedingt wo niedersetzen, sonst schafft sie das nicht. Nur mit der Ruhe.

Henriette schließt die Augen und atmet tief ein. Wieder aus, wieder ein, und als sie die Augen öffnet, steht da jemand und sagt etwas zu ihr. Obwohl die Sonne Henriette blendet, erkennt sie Henry Schneiders Sohn. Michael. Englisch ausgesprochen.

Das ist ja eine Überraschung, sagt sie und blinzelt. Wegen der Sonne, aber auch weil es ihr gefällt zu blinzeln. Als ob sie den jungen Mann gegenüber kritisch mustern würde. Als ob sie ihn – gleich jung wie er – abschätzen würde. Bist du's oder bist du's nicht. Und wenn nicht, dann kannst du gleich wieder umdrehen und verschwinden, weil ich viel zu großartig bin für dich. Du Wurm. Henriette muss grinsen.

Michael, englisch ausgesprochen, findet auch, dass die ersten Sonnenstrahlen richtig gute Laune machen, und freut sich über den Zufall, Henriette getroffen zu haben.

Ich bin zum ersten Mal hier.

Schön, oder? Henriette macht eine ausladende Handbewegung, als ob der Park ihr gehören würde.

Ja, richtig schön.

Auf einer Bank ganz in ihrer Nähe werden 2 Plätze frei. Ein

altes Ehepaar hat sich umständlich aufgerichtet und trottet nebeneinander Richtung Ausgang.

Schnell, sagt Henriette und steuert die Bank an. Michael, englisch ausgesprochen, folgt ihr und setzt sich neben sie.

Wirklich herrlich, sagt Henriette, und mit bereits geschlossenen Augen fügt sie wie an die Sonne gerichtet an: Einfach wunderbar.

Nur um die Knie fröstelt es sie schon nach wenigen Minuten. Sie hätte doch die andere Hose anziehen sollen. Die wäre wärmer gewesen. Sie richtet den Schal, damit er den Hals besser vor der kühlen Luft schützt. Als ob das gegen das Frösteln an den Beinen helfen könnte.

Deck dich zu, hat die Mutter gesagt und ihr eine Decke gebracht und noch eine und noch eine. Hat ihr die letzte Decke mit diesen Henriette so vertrauten, keinen Widerspruch duldenden Griffen bis unters Kinn gezogen und gesagt: Deck dich einfach gut zu, dann bist du ganz schnell wieder gesund. Aber der Amerikaner hat die Decken einfach angehoben und ist druntergeschlüpft. Er hat nur eine Hand dafür gebraucht. Dann ist er neben ihr gelegen mit seinem widerlichen Geruch. Ein Körper ist wie eine Landkarte, hat er zu Henriette gesagt. Mit hohen Bergen und wilden Flüssen, mit Urwäldern, Meeren und Wüsten und Oasen. Wie bei Aladdin, hat er gesagt. Dann hat er Henriettes Hand in seine genommen und sie über ihren Körper geführt. Und über seinen. Und Henriette? Sie legt sich den Schal enger. Sie war oft krank als Kind. Hatte oft Fieber, sehr hohes Fieber, hat die Mutter erzählt. Henriette erinnert sich nicht mehr daran, aber sie erinnert sich an den Geruch und an die Hand und an die beiden Körper, die ferner als die fernsten Länder unter der Hand des Amerikaners in Henriettes Bett gelegen sind.

Sie hört Michael, englisch ausgesprochen, vor sich hin schimpfen, irgendetwas gegen seinen Vater. Dass er einen echten Schaden habe mit diesen Lost Places. Dass er sich von diesen idiotischen Lost Places durch die halbe Welt jagen lasse und dass er das arme Schwein sei, das ihn dabei begleiten müsse. Damit er ein Auge auf ihn habe. Damit er nicht vollkommen abdreht und dabei das restliche Erbe verprasst.

Sei froh, dass du so einen Vater hast, unterbricht Henriette seinen Monolog. Sie erinnert sich an das Lachen der beiden Männer im Hausflur, an die einander zugeneigten Köpfe, wenn sie die 2 unten auf der Straße gesehen hat.

Warum eigentlich englisch?, fragt sie unvermittelt.

Englisch?

Die Namen, warum habt ihr englische Namen?

Amerikanisch, sagt Michael, englisch ausgesprochen. Es ist der reiche Onkel aus Amerika. Echt. Eigentlich Großonkel. Auswanderer. Kurz bevor die Nazis an die Macht gekommen sind, ein Zufall, dass er genau da ausgewandert ist. Kinder hat es dann aber keine gegeben, nur Geld. Und da ist dann aus dem Heinrich ein Henry geworden und mich haben sie gleich Michael genannt. Amerikanisch ausgesprochen.

Michael, sagt Henriette und spricht den Namen deutsch aus. Ich nenne dich, ich darf doch du sagen?, ich nenne dich lieber Michael, wenn's recht ist.

No Problem, sagt Michael und lacht.

Du bist nett, sagt er, aber einen Vater wie meinen, den hättest du auch nicht haben wollen.

Hast du eine Ahnung, sagt Henriette. Sie hebt das Gesicht wieder in die Sonne und schließt die Augen.

Einfach nur herrlich ist das heute, sagt sie.

Ja, sagt Michael.

MICHAEL SCHNEIDER SUCHT
SEINE GESCHICHTE

Geologie?

Ja. Das hat er studiert. Und dann?

Nichts dann. Dann hat er sich an die Fersen seines Vaters gehängt. Ist mit ihm durch die Weltgeschichte gezogen.

So schaut er gar nicht aus.

Ja, finde ich auch. Er will jetzt aber etwas Eigenes machen.

Sonja öffnet ihre Bluse und legt Margarete zum Stillen an. Henriette nimmt ein beiges T-Shirt aus dem Wäschekorb.

An den Fersen seines Vaters wird er das Eigene aber nicht finden und unter der Erde bei den Steinen erst recht nicht, denkt Henriette. Sie streift das T-Shirt glatt, faltet es und legt es sorgfältig auf den Stoß. Kante auf Kante. Wie in einem Geschäft. Er sei auf der Suche nach einem Job. Er würde Karten erstellen wollen wie diese, hat er gesagt und sein Handy aus der Tasche seines Anoraks gezogen. Schau einmal. Henriette hat viele Farben gesehen und viele Linien. Ein Wirrwarr aus Farben, durch schmale Linien getrennt. Ist nicht von einem Programm gemacht, ist selbst gezeichnet, hat er gesagt und Henriette hat den Stolz in seiner Stimme gehört.

Deine Geschichte liegt nicht unter oder hinter dir, sie liegt immer direkt vor deinen Augen. Das hätte sie ihm sagen sollen. Und dass er in sie hineinsteigen müsse. Auch ohne Karte.

Ist das ein neues Shirt?

Henriette erschrickt, sie hat fast vergessen, dass Sonja da ist und alles über diesen Michael Schneider wissen will. Er hat sie gestern im Stiegenhaus angesprochen. Ob er ihr helfen kann. Weil sie so bepackt war mit den Einkäufen und mit Margarete. Die ist zurzeit so unruhig, dass sie nicht im Kinderwagen bleibt: Ich muss sie praktisch ununterbrochen mit mir herumtragen. Hoffentlich brütet sie nichts aus. Ja, hoffentlich.

Ja, das ist neu. Und die beiden auch. Henriette zieht noch 2 T-Shirts aus dem Kleiderhaufen.

Schön sind die, das Rot wird dir stehen.

Eigentlich schaut er doch aus wie einer, der weiß, was er will.

Und was will er?

Und was willst du? Willst du was von ihm?

Vielleicht.

Was macht eigentlich ein Geologe?

Karten zeichnen. Aber sonst?

Keine Ahnung.

Margarete ist in Sonjas Arm eingeschlafen.

So friedlich, sagt Henriette.

Sonja legt das schlafende Kind neben sich aufs Bett. Sie knöpft ihre Bluse zu und lacht leise auf: So satt!

AUF DEM FRIEDHOF

Sie hat nicht an den Blick des Taxifahrers gedacht, wenn er sieht, wer ihn da gerufen hat. Sie hat nicht daran gedacht, dass er aussteigen, ums Auto gehen, den Sitz umstellen, ihr beim mühsamen Einsteigen zusehen und sagen wird müssen: Den Gurt werden Sie aber nicht nehmen können. Sie hat gar nichts gedacht, sondern einfach ein Taxi gerufen und sich zum Friedhof bringen lassen.

Es sind viele Schritte, die Henriette dort gehen muss. Sie spürt jeden einzelnen. Im Frühling wollen die Knochen einfach gar nicht mehr, denkt sie. Die glauben, dass wir irgendwann im Winter gestorben sind. Hingeschieden, denkt sie. Wie malerisch. Zum Glück sind an den Wegen ab und zu Bänke aufgestellt. Weil ja lauter solche wie sie hierherkommen. Sie muss sich niedersetzen. Wenn sie über die Gräber hinweg in die immer noch wie leer gefegten Bäume und in den Himmel schaut, könnte sie auch auf Erholung sein. Auf Kindererholung wie damals, als die Mutter ausgeflippt ist wegen irgendeinem von ihren Kerlen, der sie wieder einmal verlassen hat.

Ach Mutter, denkt Henriette. Immer wieder denkt sie: Ach Mutter, bis sich das *Ach Mutter* schließlich in der Stille des Friedhofs verliert. Henriette schaut sich um. Ein Stück noch, dann abbiegen. Dort, wo die Föhre steht. Die gab es auch damals schon, Henriette hat sie sich extra gemerkt. Die Reihe, die dort beginnt, die ist es. Henriette weiß das ganz genau.

Schließlich hat sie sich die ganze Beerdigung hindurch den Weg zwischen den zahllosen Grabstätten bis zum Grab der

Mutter eingeprägt, so hat er sich tief eingezeichnet in Henriettes Gedächtnis. Noch in 100 Jahren und blind könnte sie ihn gehen. Und würde sie ihn gehen. Das hat sie damals gedacht.

An nichts anderes hat sie damals gedacht, während der Sarg zum frisch ausgehobenen Grab gebracht wurde und Henriette dahinter einherging – ja: einherging –, während sie am offenen Grab stand und darauf wartete, ihr Schäufelchen Erde auf den Sarg, auf die Mutter hinunterzuwerfen. Während die Erde schwer hinunterfiel, während die Kränze aufgelegt und die Schleifen so gerichtet wurden, dass sie die letzten Nachrichten lesen konnte: In ewiger Erinnerung. Während irgendetwas geredet wurde, während es endlich vorbei war, sich die Leute wie erlöst wieder bewegten, auf Henriette zukamen, *Mein Beileid* sagten und sie umarmten. Während dieser ganzen Zeit hat sie daran gedacht, dass sie jede Woche zum Grab gehen wird. Die Mutter am Grab besuchen, hat sie gedacht. Blumen setzen, passend zur Jahreszeit. Kerzen anzünden, aber echte, nicht diese elektrischen. Sich vors Grab stellen, der Mutter erzählen, was sie in der letzten Woche alles erlebt hat. Ja, Klavier geübt hat sie auch. Ja, sie hat wieder angefangen mit dem Klavierspielen, ganz ernsthaft, die Mutter würde Augen machen oder nein, Henriette hätte gelacht: Ohren würde die Mutter machen, wenn sie hören könnte, wie ihr die Nocturnes nur so von den Fingern fließen würden. Zum Niederknien, aber echt. In Wirklichkeit ist Henriette seit der Beerdigung kein einziges Mal da gewesen. Sie hat nur die Rechnungen gezahlt, fürs Grab, für die Grabpflege.

Sie steht auf. Schwer. Sie steht richtig schwer auf. Eine andere Frau kommt ihr entgegen. Klein und uralt, aber sie bewegt sich wie ein Wiesel. Rasch und geschäftig.

Ist's noch ganz frisch?, fragt sie Henriette, die den Kopf schüttelt.

Manchmal dauert's lang, sagt die andere Frau, nickt ihr freundlich zu und geht weiter. Henriette findet das tröstlich, auch wenn sie nicht weiß warum.

WIE SOLL ES WEITERGEHEN?

Henriette zieht 3 Hosen übereinander an und die 3. sitzt immer noch locker. Sie kann problemlos beide Hände zwischen Bund und Bauch stecken.
 Freust du dich nicht?
 Doch, natürlich. Warum nicht? Nur, wie soll es weitergehen?
 Wie weitergehen? Problemlos?
 Ja, problemlos und mit zwei Fäusten zwischen Hosenbund und Bauch?
 Henriette muss Sonja jetzt rausschmeißen. Sie hat keine Zeit mehr für solche Spielereien, sie will zu Mittag wieder zu Hause sein. Am Nachmittag hat sie nämlich das letzte Zoom-Meeting mit Martin, der im Anschluss seinen Resturlaub nimmt und dann ist Schluss. Sonja muss ohnehin auch los. Mit Margarete zum Kinderarzt. Pflichtuntersuchung. Obwohl die Kleine quicklebendig ist. Bye bye und bis morgen.
 Kaum ist Sonja weg, zieht Henriette 2 der 3 Hosen aus und 1 Pullover an. Sie steckt sich Ohrringe in die Ohrläppchen (Creolen), richtet sich die Haare, schlüpft in die Schuhe (neu) und in den Mantel (alt) und macht sich auf den Weg. In den Lift, aus dem Haus, auf die Straße, rechts bis zum Hauseck. Ein paar Schritte weiter bis zur U-Bahn-Station. Es geht dahin, als ob sie Kraft für 2 hätte.

ES GEHT DAHIN

Wie oft hat sie sich Martins Worte in Erinnerung gerufen, und jedes Mal waren es tatsächlich seine Worte und nicht ihre, die sie ihm in den Mund gelegt hat, damit sie etwas hört, wenn es so still ist in der Wohnung, obwohl gegenüber die Baustelle tobt. Dass er sich freue, hat er gesagt, und dass er auf ihre Entscheidung mitzukommen gehofft habe. Tagelang hat sie darüber gegrübelt und es beim nächsten Treffen erst recht nicht angesprochen. Sie hätte nicht gewusst, was sie sagen sollte, so ohne die allerletzte Sicherheit über seine Worte. Und doch musste sie sich entscheiden, am Monatsende zu kündigen oder eben nicht zu kündigen, und bis zum Monatsende waren nur noch ein paar Tage Zeit. Und dann gab es plötzlich diese Charmeoffensive. Charmeoffensive im Martin Style, denkt Henriette und lächelt. Sie seien doch ein richtig gutes Team. Das Büro sei wirklich nicht weit von ihr entfernt, er habe extra darauf geachtet, nur ein paar Stationen mit der U-Bahn. Er habe auch schon ein paar Kunden an der Hand – er hat sie Henriette auch namentlich genannt, tatsächlich lauter angenehme Leute –, die sofort zu ihnen wechseln würden, wenn die alten Verträge ausgelaufen seien. Er hat sich echt ins Zeug gelegt. Als ob er sie noch überzeugen hätte müssen. Sie hatte sich doch bereits entschlossen: Sie hat seine Antwort wirklich gehört und davor auch wirklich zugesagt. Und jetzt steht sie vor dem Haus und überlegt, welcher der richtige Hauseingang sein könnte. Hausnummer 2, das müsste der mittlere sein. Es ist der Eingang, der am weitesten von der Straße entfernt ist.

Es war Henriette klar gewesen, dass das Büro nicht direkt an der ziemlich stark befahrenen Straße liegen konnte, und so ist es auch. Wie ein ihr offen zugewandtes U liegt das frisch renovierte Gründerzeithaus vor ihr. Wobei, offen ist es eigentlich nicht: Ein schmiedeeiserner Zaun trennt das Haus von der Straße, und er ist so hoch und zusätzlich mit spitzen Lanzen bewehrt, dass niemand aus Jux und Tollerei, einfach einmal so, weil es gerade lustig ist, auf der einen Seite empor- und auf der anderen wieder hinunterklettern würde. Und stünde einem Einbrecher der Sinn nach Schätzen, die sich womöglich in dem prächtigen Haus finden lassen könnten, müsste er – für alle sichtbar – über diesen Zaun klettern. Was natürlich keiner macht. Das Tor steht jetzt gerade allerdings offen. Sicher nur tagsüber, mutmaßt Henriette, oder der Letzte hat vergessen zuzusperren. Mit vorsichtigen Schritten geht sie durch das Tor, fast als ob sie ein Einbrecher wäre, der es – ganz schlau! – mit dem Einbrechen einfach untertags versucht, wenn das Tor offen ist. Sie geht durch den Hof. Eine angenehme Stimmung, ruhig. Henriette überlegt, ob die Büsche, die nur durch Wege zu den Hauseingängen unterbrochen ein Karree bilden, den Lärm der Straße schlucken. Oder ob es die Form dieses Hauses ist, das sie mit jedem Schritt mehr in seine Arme nimmt und den Lärm, ja womöglich gleich die ganze Welt draußen lässt. Ob man in so einem Haus wirklich arbeiten kann? So ganz ohne Welt?

Das Büro liegt im Mezzanin, das hat Martin erwähnt. Henriette streckt sich, aber die Fenster liegen zu hoch, sie kann nicht in die Räume schauen. Sie weiß ohnehin nicht, ob es die Fenster rechts oder die links vom Eingang sind. Geputzt müssten alle werden, denkt sie und dass sie das sicher nicht machen wird. Sie schaut sich noch ein wenig um, dann tritt sie langsam den Rückweg an. Natürlich hätte sie Martin fragen können, ob sie sich hier treffen wollen oder ob er ihr den Schlüssel gibt. Aber sie wollte ihm nicht sagen, dass sie sich die Gegend und das Büro anschauen möchte. Er soll nicht mitbekommen, dass sie sich selbst ein Bild machen will, und er soll schon gar nicht mitbekommen, wie genau sie sich das alles anschaut. In aller Ruhe und ohne dass er neben ihr hergeht. Er soll vor allem nicht wissen, wie wichtig ihr das alles ist. Er würde das wahrscheinlich für verrückt halten, auf jeden Fall für merkwürdig. Und er hätte wohl recht damit.

HENRIETTE KANN

Zuerst hat sich Henriette schon bei dem Gedanken geniert, den jungen Kerl in ihr Schlafzimmer zu bitten. Bist du noch ganz bei Trost, hätte die Mutter gesagt. So ein junger Kerl bei dir im Schlafzimmer! Hast du denn gar nichts von mir gelernt? Aber Henriette hat geantwortet: Doch, Mutter, ich habe von dir gelernt. Alles. Es gibt rein gar nichts bei mir zu finden, das ich nicht von dir gelernt habe. Da hat es der Mutter die Rede verschlagen. So frech war das Kind früher nie.

Michael fand es dann auch überhaupt nicht sonderbar, von Henriette ins Schlafzimmer gebeten zu werden. Schließlich ging es nur um neue Vorhänge – Also bitte, worum sollte es denn sonst gehen, hat er sich vielleicht gedacht. Henriette bedauert es immer wieder, dass sie keine Gedanken mehr lesen kann. Trotzdem hat Michael ihr die Vorhänge aufgehängt. Schön sehen sie aus. Der Raum ist viel heller und das Blumenmuster – Sind es Gänseblümchen? – lassen ihn freundlich, ja einladend wirken. Mit dem leer geräumten Fauteuil und der Tagesdecke, die Henriette über das Bett gelegt hat, wirkt das Schlafzimmer jetzt fast wie ein Wohnzimmer. Richtig schön, sagt Henriette mehr zu sich als zu dem jungen Mann, der bereits die Leiter zusammenklappt: Wohin damit? Henriette kann die Leiter selbstverständlich auch alleine wegräumen, aber Michael macht das doch gern. Für Michael ist das doch selbstverständlich. Henriette kommt sich plötzlich alt vor.

Kaffee und Kuchen?, fragt sie ihn und würde am liebsten in den Spiegel schauen, ob sie womöglich von hier auf jetzt auch noch graue Haare bekommen hat. Strähnig und hinten zu einem Knoten zusammengefasst. Sie greift sich möglichst unauffällig in den Nacken, ein Glück, die Haare hängen wie gehabt bis zu den Schultern.

Oder Cola und Pizza? Ich kann alles bestellen.

Michael findet, dass es bei Henriette ja wie im Gasthaus ist. Wer kann, der kann, sagt Henriette. Und ich kann.

Michael entscheidet sich für eine Pizza, aber nur, wenn Henriette auch eine isst. Zu zweit isst es sich besser, sagt er und Henriette stimmt ihm zu. Sie bestellt auch 2 Nachspeisen. Eine für sich und eine für Michael: Keine Widerrede, das haben wir uns verdient.

KINDER, SAGT HENRY SCHNEIDER

Henry Schneider aus Mannheim, sagt Henry. Henriette hat ihn unten im Stiegenhaus vor dem Lift getroffen. Er zieht einen imaginären Hut vom Kopf, verbeugt sich: Künstler. Fotograf mit großem Portfolio und kleinem Ruf.

Er will witzig sein, denkt Henriette, der arme Kerl. Wahrscheinlich hat es nicht geklappt mit dem Verlag. Seit wann Henry?, fragt sie, um ihn abzulenken.

Seit der amerikanischen Erbschaft, sagt Henry Schneider. Ein Akt der Ehrerbietung.

Gute alte Schule oder er redet einfach nur altmodisch, denkt Henriette, und dabei ist er so alt wie sie. Ungefähr so alt wie sie, höchstens 5 Jahre älter. Vielleicht so alt wie Martin, denkt Henriette, in Gedanken spricht sie Martin französisch aus.

Ehrerbietung?

Eine Idee meiner Mutter. Weil er doch ihr Bruder gewesen ist. Und weil etwas von ihm übrig bleiben sollte. Dabei hat sie ihn so gut wie nicht gekannt, er war viel älter als sie. Ist als junger Bursche ausgewandert. Wollte sein Glück finden.

Wer will das nicht, sagt Henriette und stellt sich vor, dass Henry Schneider antwortet: Ich. Sie stellt sich vor, dass sie darauf sagt: Man darf nicht aufgeben, niemals. Henry Schneider will antworten, will sagen, dass auch das Unglück ein Glück sein kann, aber da hört ihn Henriette auch schon reden:

Das stimmt, natürlich will jeder sein Glück finden, wer würde das nicht wollen. Dieser Bruder hat sein Glück dann ja auch gefunden, und zwar in einer Maschine, die er erfunden hat.

Irgendwas mit Wirkwaren. Viel mehr hat meine Mutter auch nicht gewusst.

Und dann?

Dann habe ich aufgehört, Hochzeiten, Taufen und Schulklassen zu fotografieren und bin Künstler geworden. Kunstfotograf.

Henriette nickt interessiert, ist aber froh, dass der Lift endlich da ist. Die Türen öffnen sich und das Geplapper, das sie schon die ganze Zeit im Ohr gehabt hat, wird lauter. Henriette tritt zur Seite, Sonjas Kinder ergießen sich förmlich ins Treppenhaus. Als Letzte steigt Sonja aus der Liftkabine.

Henriette deutet auf Henry: Henry Schneider, Kunstfotograf.

Sonja, streckt ihm den Arm entgegen: Sonja Kranewitter aus dem ersten Stock. Ich weiß, mein Sohn hat …

Was Michael seinem Vater erzählt hat, erfahren weder Sonja noch Henriette, weil eines der Kinder lauthals zu schreien beginnt. Henriette tippt auf Jakob. Oder auf das Kind, das Jakob gerade verdrischt.

Entschuldigt mich, ich muss!, ruft Sonja und läuft, die kleine Margarete an ihre Brust gedrückt, aus dem Haus.

Kinder, sagt Henriette.

Ja, Kinder, sagt Henry Schneider.

Michael wird weggehen, sagt er, als sie in den Lift steigen. Er spricht Michael englisch aus.

Ja, das hat er mir erzählt.

Ich werde ihn vermissen.

Henriette nickt. Das verstehe ich, sagt sie und denkt an ihre Mutter.

Sie sind im zweiten Stock angekommen, Henriette bleibt in der geöffneten Tür stehen.

Wahrscheinlich will auch er sein Glück finden, sagt sie und

erschrickt über ihre Worte, als sie sieht, wie Henry Schneider zusammenzuckt.

Ach Kinder, sagt sie und legt so viel Bedauern in dieses Wort, wie es ihr nur möglich ist.

Ja, Kinder, sagt Henry Schneider. Er klingt müde.

Henriette ist in den Hausflur getreten, die Lifttür schließt sich hinter ihr. Bevor sie ganz geschlossen ist, ruft Henry Schneider durch den gerade noch offenen Spalt:

Es hat übrigens geklappt, die vom Verlag haben mir das Konzept abgesegnet.

Henriette ruft ein *Gratuliere!* an die nun geschlossene Tür und muss plötzlich an ihren Vater denken. Sie denkt an den 1. Morgen, an den 2., an den 3. Morgen, an dem der Vater nicht mehr da war. Sie erinnert sich an die Mutter: Der kommt nicht mehr. Henriette kann den Ton noch immer hören, diesen Ton in der Stimme ihrer Mutter, bei dem sich jede weitere Frage erübrigte, sie fühlt auch immer noch diese Leere: Wo der Vater gewesen war, war von nun an ein Loch. Vollkommen unsichtbar, aber riesig und alles verschlingend.

War er ausgewandert? Wollte auch er sein Glück finden? Oder ist er eingesperrt worden? Ist er plötzlich gestorben oder ist er einfach abgehaut, wie die Mutter immer behauptete: Henny, das ist das Beste, was uns passieren hat können. Früher, als Kind, da war Henriette felsenfest davon überzeugt, dass der Vater an einen Ort verschwunden war, an dem es kein Telefon gab und keine Post. Wie im Urwald, wo er zwischen den Wurzeln riesiger Affenbrotbäume sein Lager aufgeschlagen hätte. Direkt an einem Fluss, in dem es nur so gewimmelt hätte von Piranhas. Keiner würde diesen Fluss überqueren. Nicht der stärkste Mann der Welt würde in einen Fluss voller Piranhas steigen. Um keinen Preis der Welt.

HENRIETTE LÄCHELT

Wenn Henriette tief schläft, kommt seit einigen Wochen der Vater zu ihr ins Zimmer. Behutsam öffnet er die Tür, behutsam zieht er sie hinter sich zu. Er schaut sich um, er geht auf Zehenspitzen durchs Zimmer. Er schiebt die Vorhänge zur Seite und schaut durchs Fenster in die Nacht. Sein Blick bleibt an den hell leuchtenden Straßenlampen hängen. Er schiebt die Vorhänge wieder zurück, das Licht soll das Kind nicht wecken. Er setzt sich an Henriettes Bett. Er streicht ihr über den Kopf, ganz knapp über den Haaren. Er berührt sie nicht. Er hält die Luft an, als er sich mit Bedacht in den Fauteuil zurücksinken lässt, in den ihm Henriette fürsorglich ein Kissen fürs Kreuz gelegt hat. So leise, wie er nur kann, atmet er auf. Manchmal hört Henriette die regelmäßigen Atemzüge des Vaters und manchmal scheint er zu lachen, wenn sie etwas Lustiges träumt. Stell dir vor, sagt sie zu ihm, ich habe von dir geträumt. Du hast mich auf den Schultern getragen und ich habe vor Freude gejauchzt. Der Vater lächelt. Du warst so ein vergnügtes Kind.

Und dann?, fragt Henriette.

Der Vater schweigt, Henriette wartet auf seine Antwort. Sie hat ein Recht auf eine Antwort. Seit 50 Jahren.

Du weißt doch, sagt er schließlich. Du weißt doch, dass ich weg bin. Schon lang.

Aber die Mutter.

Die Mutter hat gelogen wie immer, wenn sie den Mund aufgemacht hat.

Das stimmt nicht. Nicht so.

Du bist ein gutes Kind, sagt der Vater zu Henriette, aber viel zu naiv.

Du bist abgehauen, eines Tages warst du einfach weg.

Du weißt, dass das nicht stimmt, sagt der Vater und hält seine Hände in die Luft, als ob zwischen ihnen eine Kugel läge (die Welt?). Dann lässt er die Kugel (die Welt?) wie ein Zauberer mit einem lauten Kawumm platzen. Er reißt die Hände auseinander: Weg, verschwunden. Eines Tages war ich einfach weg. Tot.

Ja, ich weiß, sagt Henriette. Aber trotzdem.

Trotzdem gibt's nicht, sagt der Vater. Nicht, wenn es um den Tod geht. Frag deine Mutter.

Doch, sagt Henriette. Trotzdem gibt es. Immerhin bin ich zurückgeblieben. Allein. Denk an die Mutter, denk an den Amerikaner.

Darauf der Vater, als ob auch er 50 Jahre darauf gewartet hätte:

Ich hatte keine Wahl, ich konnte nicht anders, sagt er. Das musst du mir glauben. Bitte.

Er greift sich immer wieder an den Hals, als ob er schwer Luft bekäme. Henriette tut es ihm gleich, unwillkürlich. Die Angst sitzt wie ein Gummistöpsel im Hals, denkt sie. Wie ein verirrtes Geschoß.

Kawumm, sagt der Vater und lässt die Welt noch einmal auseinanderbrechen und jetzt mit so viel Nachdruck, als ob er damit eine Papierblume, vielleicht sogar eine Margerite, hervorzaubern könnte.

Dann war es endlich vorbei, sagt er und Henriette wiederholt mechanisch: Endlich.

Der Vater lässt die Arme sinken und Henriette sieht, dass seine Handinnenflächen rot sind. Rot und geschwollen. Sie hört, wie seine Hände auf den Tisch und ins Gesicht der Mutter schlagen, bis die Mutter Nasenbluten und eine aufgebissene Lippe vom Schweigen hat. Bis es endlich vorbei war und das Kind die Tür leise ins Schloss gezogen, sich in sein Bett gelegt und die Augen geschlossen hat.

Es ist schon hell. Henriette steht auf und rückt das Kissen im Fauteuil zurecht. Sie schiebt die Vorhänge zur Seite und öffnet ein Fenster. Frische, von der Sonne gewärmte Luft strömt herein. Henriette atmet tief ein. Auf der Baustelle herrscht schon geschäftiges Hin und Her, die Bauarbeiter sind gerade dabei, ihre Arbeit aufzunehmen. Heute wird wohl der nächste Stock aufgesetzt werden. Henriette schließt die Augen, damit sie durch nichts von der wohligen Morgensonne abgelenkt wird. In den Bäumen neben der Fahrbahn muss sich ein Vogelschwarm niedergelassen haben. Die Luft ist wie vollgesogen mit aufgeregtem Vogellärm, wie immer im Frühling. Was Martin dazu sagen wird? Auch im neuen Büro wird dieser Lärm zu hören sein, vor den Fenstern stehen immerhin zwei große Bäume. Henriette lächelt. Es sind Platanen.

Foto © Aleksandar Zec

Andrea Heinisch wurde 1959 in Wien geboren, wo sie auch aufwuchs. Matura in Tirol, Studium der Germanistik und Geschichte in Salzburg. Einige Jahre Lehrtätigkeit am Lycée français de Vienne. Lebt und schreibt in Wien und im Waldviertel.